紧挨着大地的生活

张汉明 著

陕西新华出版传媒集团
太白文艺出版社

图书在版编目（CIP）数据

紧挨着大地的生活 / 张汉明著. -- 西安：太白文艺出版社，2020.10
ISBN 978-7-5513-1857-0

Ⅰ. ①紧… Ⅱ. ①张… Ⅲ. ①散文集－中国－当代 Ⅳ. ①I267

中国版本图书馆CIP数据核字(2020)第128600号

紧挨着大地的生活
JIN AIZHE DADI DE SHENGHUO

作　　者　张汉明
责任编辑　谢　天　王　琦
封面设计　郑江迪
版式设计　西安市建明工贸有限责任公司
出版发行　陕西新华出版传媒集团
　　　　　太 白 文 艺 出 版 社
经　　销　新华书店
印　　刷　陕西博文印务有限责任公司
开　　本　880mm×1230mm　1/32
字　　数　130千字
印　　张　7.5
版　　次　2020年10月第1版
印　　次　2020年10月第1次印刷
书　　号　ISBN 978-7-5513-1857-0
定　　价　52.00元

联系电话：029-81206800
出版社地址：西安市曲江新区登高路1388号（邮编：710061）
营销中心电话：029-87277748　029-87217872

（女儿张心如绘）

张汉明　1970年出生，内蒙古赤峰市克什克腾旗人，毕业于内蒙古大学，中国散文学会会员、内蒙古作家协会会员。曾在内蒙古经济电视台工作，现任中央电视台制片人，著有小说集《到乡村去恋爱》、散文集《克什克腾体验》等多部图书。

目　　录

第一辑　风物记

第二辑　乡人记

第三辑　春节记

第四辑　都市记

第一辑

风物记

村人在一场暴风雨的天灾中离开了，但来到城里却常常想起村上来

大沟与漫甸

在老家的乡域里，有两种地貌，一种是大沟，另一种是漫甸。大沟与漫甸都是因山而成的，山下是大沟，山上的平地就是漫甸。

城里的公园为了创建景观，要挖地成湖，积土成山；而在我的老家，不用费这么大的力气，天然就是这样的，有山有川，有河有甸。大沟里五谷飘香，漫甸上风吹麦浪，中间有曲曲折折的羊肠小道相连，小道的两边长满了山杏花、山丹花等野花。这种丰富的地貌，特别是这些羊肠小道，孕育了当地人情感丰富细腻的性格。

进了城再回味老家的大沟与漫甸，“吃米的人”与“吃面的人”是两种人，虽然没有用大数据仔细统计过，但是可以尽情展开猜想。漫甸的人胳膊粗，大沟的人胳膊细。漫甸的人吃面多，结实；大沟的人吃米多，水灵。

就口感来说，馒头、烙饼、面条这样的面食肯定比小米饭更容易下咽，确有嫁到大沟里来的新媳妇，因连续一个月无法下咽小米饭而离婚的。大沟里的米一粒就是一粒，轻易不敢磨成面做烙糕吃，宁可让石磨在那里闲着，怕后生们吃烙糕吃得太多，嘴馋了，几天米柜就见底了。相对而言，漫甸土地多，麦子不收莜麦收，不愁自己饿肚子，生活更宽松些。

是不是漫甸就千般好呢？也不尽然。倘若经历一场夹带着冰雹的暴雨，大沟里顶多玉米叶被打成丝网，但是玉米棒子依托秸秆，吸收阳光的养分最终可以走向成熟。漫甸的麦子就没有这么幸运了，一场暴雨让麦粒落遍了垄沟，上天留给农民的只有手捧麦粒跪在地上仰天哭泣，可以说农民碗里的每根面条都是小麦成功躲闪暴风骤雨的突袭才得来的。上天对待大地和对待人是一样的，不会把所有的好事都分配给一种地貌，也不会把所有的坏事都分配给一种地貌，总是搭配着来。

大地看漫甸绝收了，也很心疼，于是又赏赐一种叫莜麦的作物。漫甸人要特别感谢莜麦。莜麦的主茎像舞女的腰身一样柔软，修长的莜麦粒躲在襁褓一样的叶里，哪怕风雨把莜麦吹得贴到了地皮上，经太阳一晒它还能再次反弹而起，继续成长，任凭风吹雨打，终能收获。莜面顶事，只需吃八分饱就可持续劳作，帮助漫甸人度过饥年。

我常想，人人都知面食好吃，可大沟里的人为什么不种麦呢？探访得知，因为大沟地少，种了麦不浇水不行，而水浇多了，面也不见得好吃，而且麦熟后的土地到秋天就闲置了，不合算。一旦在山坡地种了麦，麦的穗头就会变得很小。说白了，麦就喜欢风凉的漫甸，怎么劝也没有用。而大沟地少适合精耕细作，种谷和玉米，它们兴高采烈，往往旱涝保收，从而解决全家的温饱问题。当地人常说种某某作物保打，“保打”就是说产量有保证，或许这种保守也使大沟人的性格更加安土重迁、更加稳重。而漫甸的人靠天吃天，遇到旱灾可能种子钱都收不回来。最早的中原移民来拓荒往往先是在大沟生活，在河间谷地上解决了基本的温饱。之后想着吃麦，便在漫甸有了临时的窝铺，梁上梁下地跑。跑的时间长了，跑不动了，于是就驻扎下来，成了村落，当地现在仍有“前窝铺”“后窝铺”“北窝铺”等这样的村名。愿意到漫甸开窝铺的人，或许更富有冒险精神。

游牧民族逐水草而居，而农耕的移民也往往选择在水边生活。乡一级的政府以及学校、酒坊、集市、卫生院、铁匠铺等往往选择在大沟驻扎。大沟的水量是充沛的，适合大规模的人类活动，比如乡里召开一次干部会议，几百人吃饭，如果在漫甸靠井水肯定会有担水的压力，而在大沟就能轻松解决。中原移民在大沟安了祖坟，忠孝节义、崇文重教、光宗耀祖的观念深入人心，因偏居塞上，山大沟深，有些民俗被原生态地保存着，其后代容易产生官员、学者。大沟里的村落祭祀多，事事要斯文，讲究礼仪，因而那里的人夸奖人时也说“那人做事讲究”。漫甸是一望无际的，让人思维开阔，容易产生创业者。

漫甸人大多有冒险精神，往往自尊心也较强，特别怕人瞧不起，几亩（1亩=666.617平方米）的麦子熟到要掉头的时候，头上戴嘎石灯（电石灯）连夜割地，轻易不求人，格外要强，因而漫甸人夸奖人时说“那人要强”。讲究与要强成为这一地域人们的性格标签。

大沟的人共用一条河水，春季和夏季要给庄稼浇水，都怕耽误了农时，上游村户用足了水，下游的水渠往往就干涸了，于是每年都有下游村子的人半夜里去上游挖开水坝抢水，这造成了大沟村际关系紧张的局面。而漫甸各个村有自己的井，所以漫甸村际关系或许会比大沟的融洽些。

大沟间的村子虽相隔数里仍易有纠纷，而大沟与漫甸之间的村子纠纷明显较少。我想这仍然与地貌有关，因为分别居于漫甸与大沟的两个村庄即使梁上梁下俯仰可望，却隔着陡立的崖沿。比如这崖沿上悄悄密密地长着一种中草药——麻黄，麻黄是能卖钱的，往往只有大沟人去割，没有漫甸人来抢。尽管这些麻黄就长在漫甸人的脚下，但由于地貌的影响漫甸人却看不见，或者视而不见。而大沟人抬抬头就看见了，找一个早晨割回家就变成孩子的学费了。同样，秋天里，漫甸上的树林中树叶落得再厚，大沟人也不会去抢一筐一篓。这样天长日久，约定俗成，崖上的归你，崖下的归我，也就没有矛盾了。

陡峭的崖沿虽有隔离，但也并没有成为天堑，通过羊肠小道，漫甸与大沟还存有千丝万缕的联系。漫甸与大沟农时错开，漫甸人收麦的时候大沟人会带上蔬菜来梁上帮忙。大沟人的房屋需要漫甸的麦秸来苫；而漫甸人用粮食换酒，也往往用麦换成玉米再换酒，这样更合算。漫甸也需要蔬菜，大沟也需要面食，梁上梁下日子过得滋润的人家，一定有本家或者亲戚在另一种地貌里耕作，这样才活泛。大地繁茂了，人们的脸色也更加好看了。

梁上梁下最终活泛起来，还要靠一条条羊肠小道的连接，而小道上拉重物主要靠毛驴。最初为了方便从沟里拉水，漫甸往往养牛、养马，同时也养驴。驴身子轻巧，适合走羊肠小道。养驴的漫甸人也善于赶着驴车走亲戚，驴车上放着物产。相比较，大沟人则较少养驴。

常常在一个村里，就有来自河北、河南、山东三个省的移民操着不同的方言听着不同的戏曲而生活。大沟与漫甸间的小道上，曾演绎过闯关东、闹土匪、八路军抗日等故事。苦难与欢欣，尽管不成比例，但有限的土地上依然上演着无限的生活。或许从小受到了这些故事的感染，我一直觉得中原地区的人来到这塞上传播的独具特色的农耕文明，格外具有审美价值。蔬菜可以养胃，青山可以益脾，而麦浪可以宽心。当我第一眼看到关中的麦地，就觉得这与我们的漫甸是一样的。有时我看美国的西部电影，那种麦芒刺破苍天的画面，同样也让我想起漫甸。

我的小学时光是一半在大沟一半在漫甸度过的，这要感谢一场冰雹。最初在大沟居住，我要走大约一里（1里=500米）路去邻村读书，其间要走过长长的玉米地，就因觉得钻玉米地的小径好玩，很愿意上学，而放学路上一场冰雹把我的头砸出了包，这让父母下决心把我送到我姐姐的婆家所在的村庄读书，于是我又去了漫甸。从大沟到漫甸，我看到随着地势变高，各种植物景观缓慢升起，直到手好像能摸到蓝天白云。而从漫甸到大沟，我又从高到低一步一步感受到乡村的如画细腻，直到触摸河中小鱼。来来回回，高高低低，这山路给我留下了无限的遐想。我感谢跨越了两种地貌的生活，我就像有着两个挎兜、一个装糖一个装月饼的儿童一样，记忆中可以不断变换两种风景交替欣赏。有了这样的经历，我与大沟和漫甸的人都有共同话语，与大沟的人聊水缸里冰黄瓜，与漫甸的人聊夕阳下在地头上用豌豆秧烧豌豆吃！

在我的童年，提到去漫甸走亲戚既兴奋也苦恼：兴奋的是返回时总有亲戚给装上烙饼，苦恼的是吃饭时总有人给加饭。有一次去邻村看戏，在我三姥姥家里吃饭，新麦做出的面条香喷喷的，作为一个大沟人，能吃上一碗面条感到真幸福。可好不容易吃完，小姨又直接给添了一碗。怕浪费了，我只能勉强吃下，真是吃到顶脖颈了。没想到，又一位姨盛来一碗面条从我的身后给扣到碗里，我当时就急哭了。多少年过去了，依然是温暖的回忆。同样，当漫甸人提起大沟，大沟人给他们装豆角、扭黄瓜的情景也一定令他们记忆犹新。山路如织，如同这些山间小道，大沟与漫甸之间的亲戚关系也是细密的。丰富的地貌养成了当地人刚柔相济、温婉浪漫的性格，或许就是劳作中一朵小野花的传递便成就了当地人美满的婚姻。

大沟与漫甸就像两条相依的铁轨，向岁月的深处伸展着生活的诗意，这一乡域也产生了众多的与它的人口不成比例的文学艺术爱好者。大沟离河水近，更容易产生小说家；而漫甸离星空近，更容易产生诗人。

大沟里设有一所中学，大沟与漫甸的学生同处一校，米与面、柴与肥送来，在这里实现了大沟与漫甸的文化交流。当年这所中学的老师多是民办教师，教学之余还要做农活，他们大约从培育作物中掌握了培育人的技巧，深知育人良方，表扬你和批评你都能让你感动得哭。此地学生穷且益坚，人格超拔，如同上了底肥的莜麦，成长起来柔韧且有强烈的抗挫性。

讲了漫甸与大沟的各种不同，回看又有一点是相同的，就是先辈的不惜力。大沟的河岸本来布满了石头，所谓的良田不过是经一代又一代人移开了石头的石场，而良田碧绿，蓬勃至今朝。在漫甸，我同样看到了乡亲们用井水浇出来的大菜园，各种蔬菜应有尽有，而这背后，乡亲们付出的又是月夜下的多少担水呀。尽管现代机械在改变着这些地貌上的劳作形式，但当地的乡亲们依然念念不忘一句口头语：做人要做根本（本分）人家。故乡是生活的模型，人们据此来了解社会。我从大沟与漫甸及其山路中了解了中国北方的一小部分，在这里咀嚼着生活的滋味。我相信塞上乡域如此锦绣，一定隐藏着非常有价值的大地之谜。我强烈地呼唤，让大沟与漫甸出现在我们民族审美的取景框内，从而形成我们的公共记忆。

此时，如果我关于故乡的写作可以获得厚重的奖赏，我希望家乡人能拿出一块莜麦地，在一个漫阴天里，供我收割，让我体验那种手感，如丝绸，如云锦。在坡地上劳作，我既能仰望漫甸也能俯视大沟。当秋露沾襟，我的呼吸会调节成儿时的节奏，当我弯腰感谢大地母亲的时候，一定会让我的生命迎来一个崭新的秋天。

天边的芭蕾

在我的印象中，玉泉隆最壮丽的景观是天边的那一行稀稀拉拉的树，在城里看过芭蕾舞之后，我感到那行树是在跳芭蕾。

天边是有一行树吗？对对对，是有的，就在崖顶上，需抬头才能看得见，现在还有。在玉泉隆出生的人都有这样的记忆。是什么让人们的记忆如此清晰？是晚霞过后天边那种乳白色的映衬，让一棵树一棵树的枝叶成为剪影。我曾想，请画家来，一定会给画家带来灵感；我也曾想，请舞蹈家来，没准杨丽萍《雀之灵》那样的灵感也会在这行树前诞生，只不过这样的舞蹈应当叫“树之魂”吧。

我念小学时挖的柴胡是穿过那行树卖到杨树园子的。叔伯家侄女出嫁的马车是路过那行树前往百岔川的。姐姐的皮袄是路过那儿找到一个会裁羊皮的裁缝在冬至前做成，让人捎回来的。邻家的小妹是通过那儿请来的接生婆从而降生人间的。生产队的盐是在一个夜里通过马车从稀树林那边运过来的。

玉泉隆的村民不仅记得稀树林，还能讲出一堆一堆的故事，这些故事像麦场里一垛又一垛的粮食。

这一行稀稀拉拉的树紧紧沿着崖顶生长，才会有这样的效果，让千百米之外的人都能看到清晰的枝柯。这是大山的眼睫毛吗？这是山神在挥手吗？细看，那些树是手拉手的，腿脚是伸着的，面容是笑着的，它们在天边跳着芭蕾，特别是在秋冬季更加生动。

牛羊入圈以后，人们欣赏着这处风景，或坐在家门口的石头上或坐在麦垛上看这行树。晚霞已足够壮丽，而村人在等待晚霞之后。

远处，女人唤孩子回家吃饭的声音，带着长长的尾音，如歌曲一样笼罩着整个村子，但崖顶的那行树没有一棵跟着回家。

检查一下牛羊是否安然，看看树再睡，这是村人入睡前最迷恋的风景。原以为这是一场庄严的落幕，哪想到却又开启了农人一宿的香梦。梦见谁了呢？

冬天的夜晚，一场塞外的大风过后，本以为天边的那行树早已经不在了，但到了早上你再看，它们依然在，只是它们的身影更加坚毅了。

当误了回乡的末班车，我会顶着星星走五公里山路回家，远远地看到玉泉隆这个荒村的灯火和天边的那一行树。树啊，你为什么那么稀疏？是啊，如果你过密，山风就会把你吹倒，而你的稀疏与宇宙中古老的风达成了一种默契。我看到这行树，感到是父母在等着我，兄弟姐妹在等着我，叔叔大爷和其他父老乡亲都在等着我，火红的灶与带着席花的暖炕在等着我。迎面而来的温暖都派树影先行致意。

山村生活整体上是荒凉的，但不知为何有一个局部景观，似乎只有通过微距摄影才能获得的体验却被放大为全村人的共同记忆。大概这片土地要以此彰显它的精致吧。

多年之后，我再回到玉泉隆，那些树依然在崖顶上守望着，我有一种莫名的感动。我坚信它们既是艰辛的，也是幸福的，因为它们既看到大沟里的河流及河畔上五谷流芳的秀丽，也看到高寒漫甸滚滚麦浪的辽阔，抬抬头还能看到远处一望无际的草原和湖泊。这是我们这个地方独有的地貌，只有天边的那行树尽收眼底。

是它们，也只有它们，用芭蕾的舞姿，顽强地生长于我们记忆的深处，让我们与昨日的世界密切相连。

给记忆以桥，给生命以根，给时代以托付。

天边有一行树，是大山独特的风景。大山用这行树的标记叮嘱人们：永远别忘记用玉泉隆这个名字呼唤我。

叶的世界

在我的印象里，玉泉隆是以叶为材料建成的巢。铺的是叶，盖的是叶，满眼皆是叶。

秋天冷冷的雨滴是被屋顶的麦秸叶截获的，然后雨滴温顺地沿着叶的方向滴到阶下，从而让屋宇保有温暖。

树的每一片叶子，农家并没有仅仅视为大地的肥料，还是柴火。玉泉隆整个村子都被里三层外三层的杨树林紧紧环绕着，当一夜大风过后，我和姐姐出去扫落叶。她先画出一个圈，让我先站在里面，以免被他人抢去。只一个清晨，我们就扫了半片林的叶回来。白天我们这些顽皮的孩童站在墙头上，面对着一堆厚厚的金黄的树叶玩“跳水”，农家没有泳池，这叶的园便是“泳池”了，这大约是我们愿意在寒冷中早起的缘由。

记忆中村人的整个秋天都忙着把山野里的每一片叶收到院里来，以维持一冬的生活。叶是美的，叶是有纹脉的，叶是有香气的。秋天，村人全身心拥抱着五彩缤纷的叶。

院里的草垛逐渐堆高，纷披下来的草叶，引来牛羊的观望。冬天我在给羊抽草的过程中会抽出很多干花来，山丹花、柴胡花，虽然干掉了，但依然有一种古旧之美，甚至还散发出香气来。草垛，这是牛羊喜欢的叶。

草垛旁边挨着的是柴垛。父母从山上背回来的榛柴，高高地摞起，这是生火的主力，它们骄傲地立在院子里。我记得榛柴是有果实的，烧到灶膛里，果实浸出的油会在锅底下噼啪噼啪地炸响，我们当作爆竹听，也依然是有趣的。柴垛可以攀爬，也可以掘洞，春天可以发现母鸡或者飞鸟下的蛋。柴垛是孩子们喜欢的叶。

关于叶的记忆，远不止这些。

从野外抱回来的叶可以进院门，而洗过的叶是可以进屋门的。白菜叶洗了，可以腌成酸菜；葱叶洗了，可以腌成咸菜。手巧的大娘，把韭菜叶洗了放麻油坛里浆着，冬天也能吃到白中透绿的韭菜馅饺子。那绿不仅闪烁于牙齿，也映亮了整个赭色的冬。那绿是拖住了游子的心的。远方的亲人回来了，这绿就开坛了。这是农人冬天里的春天。

激酸菜是村里颇为重要的一项秋活，邻家的姐妹们都来帮忙，要把三个缸挪到院里来，一个缸一个缸沿着院里排开，形成一条流水线。农家自家激的酸菜为什么好吃？因为那是用山泉水洗过的，洗过的白菜叶晶莹得像玉器店里的玉器。往往在这一天，院里阳光也灿烂，给人照出一秋的好心情。作为孩子，我们在几个大缸间穿梭，偶尔会有大人赏一片白菜心给我们吃，这便当是水果了，确实是甜丝丝的。说来也怪，经过农人的手，三毛驴车的白菜都能被塞进两三个瓷缸里，成就冬之美味。白菜，这是全村人都喜欢的叶。

如果说玉泉隆是一个童话，那么它的每一个片段都是大自然的叶所建构的。或许茎与根是用来各活各的命的，但是叶是方便用来交换的。

每片叶的叶纹都像一封祝福的信笺。我猜想，春节时的挂钱儿是模仿叶而做的，那风中的翻卷也是一种生命的招展。村上女孩新衣上的图案是模仿了叶的样子，那可能是模仿了榆树叶或者山丹花的叶。

成年后的一个秋日，我造访了伦敦，伦敦城里到处落叶飘飘。这里的人们是不急于清扫落叶的，而是任其飘零，供人们流连或卧躺。

有的咖啡馆的门窗用彩叶点缀，有的餐厅大量地使用树叶做装饰，怕树叶飘飞，还用细线将它们联络在一起。在自然博物馆里，更是有一个角落专门展示花叶的纹理，成为自然美的延伸与设计师的灵感源泉。原来世界上好多人是喜欢叶的。

而我来到伦敦偏偏更加想念玉泉隆，特别是那种遍地彩叶的气息让我强烈地想起玉泉隆。在我看来，尽管海德公园是开阔的，彩叶如毯，但伦敦所有公园里的叶片加起来也没有多于村上的。我认为玉泉隆才是一个更为完美的叶的世界，因为玉泉隆的这些叶片的纹理编织了我无垠的梦境。

生命中我对温暖的偏好想想也是叶给予的，因为童年里给母亲拉风箱，天长日久，那种叶的气息、那种叶所带来的温暖从灶膛里溢出，强烈地映着我的脸，让我生命的每天如新钢出炉。

从玉泉隆到北京，再到伦敦，从乡下到城里，人类聚居之地处处有叶覆盖。致敬大地上的每一片叶吧，虽然它们四处飘零，心无所依，但它们最终融进土壤，把美留给了人间，把暖赠予了人类。

芦花飘处起乡愁

人在自然美景面前有时会有一个很长的不相识的过程。一朝认知穿越，就会觉得很美好，最后又感到颇为亲切。我对芦花就是这样的。

儿时，玉泉隆的边上有口机井，机井水旺时会积成一个微湖。到了秋天，边上就长几丛苇草，我只知道牛不愿吃它，扎舌，也没有觉得这些苇草美观。这种状态一直延续着。到了北京，常去奥林匹克森林公园，奥海边上长着芦花，是继秋菊之后，与银杏并美的景致，但这并没有引起我这个北方人的注意。你看，我虽多次于秋季在奥林匹克森林公园走路，也没有留下与芦花相关的任何图片。

2017年秋天，与家人一起到位于京东的燕郊植物园游玩，我看到在湖水与驳岸的交界地带，有一丛一丛的芦花随风浮动，与潋滟波光相映，甚是柔美，才觉得芦花确实可称之为花。再沿着湖边向深处走，芦苇变得越加高大了。

“这是苇，是竹，还是其他什么草，这么高？”行人从旁边走过，往往会产生疑问。仰头看，芦苇就像一支支毛笔，以自己的锋毫——苇尖，于蓝天之上抒写豪情。这时，我才感到这芦苇不是脆弱的，是有筋骨的。

从地理上看，一东一西，比较之后你会发现，这苇草在北京市内的公园里不是很高，但在燕郊却突然高大了起来，莫非北京的东部更适合芦苇的生长？这让我想起了盛产芦席的老家，因为从燕郊驱车再向东走，就快到河北的玉田县了。

据长辈讲，我家祖上是顺天府玉田县林仓庄开席店的，张家人编的席子经久耐用，远近闻名。张家席店既卖席子，也留车马。从北京向东北去的商队，向东走一天路，正好在张家席店歇脚。金驮子进里院，银驮子放外院，夜里四周有保镖护卫，号称京东第一店。至今张家席店仍留有四门大院，传说张家人人练武，人人会耍白蜡杆。为何离开席店而闯关东，无法考证，据说祖上是背着席子，带着行医用的银针，挑着担子闯的关东。

他们从玉田出发，经承德，过坝上，穿森林，历沙漠，涉草原，在克什克腾的一个山区定居开荒，开有多处窝铺。最后留传下来的一铺安放在玉泉隆，属于大沟，沟里有一条溪流，利用溪边台地可种谷种菜；一铺叫北窝铺，属于高寒漫甸，主要种小麦和莜麦。山上山下一米一面互相调剂，让整个家族生活过得富足。改革开放后，多数家人搬至县城经棚镇，有上班的，有做买卖的，至今已有二百多口，大约有十代人了。张家人虽身居塞外，却思乡不止，每代都有人回玉田寻根。中华人民共和国成立前寻根的代表都是背上干粮步行回老家的，走半个月，看到芦花，就看到老家了。

到了塞外，没办法编席了，只能行医为生。“不为良相，则为良医。”这成为家族的信念。到了我爷爷这一辈，随身携带一管银针骑着毛驴被接到各村给人看病，看病换回粮食养家。对那些看不起病的人，费用就全免了，有的还结为干亲。爷爷的医道下一辈传给了三大爷，三大爷继续行医。三大爷他老人家较早搬到经棚镇。改革开放后，乡亲们来到镇上看病都奔着他来，遇到经济困难的他不但给出药费，还接到家里吃住。三大爷去世的时候，整个山谷黑压压的，都是十里八乡前来送行的人。

到我们这一代，行医的使命传给了三大爷的二儿子，我们叫二哥。二哥不上学后回家务农两年，但是医学传家的责任不能丢，就下功夫点着煤油灯背药书，终于考上了医药学校，在经棚镇社区里继续行医。二哥的女儿、侄子依然在当医生，于是我们家族八代行医。

虽以行医和耕田为生，但每年除夕夜，贴好家谱，请回家堂，父辈开讲的第一个故事，还是顺天府玉田县林仓庄张家席店。我在想，如果我们有一张老家的席子做纪念该多好！我想父辈天天念叨席店，就是为了让后人不丢掉那种编席子、卖席子的勤劳之本。

家家都有各自的念想，大中国四海同根，移民的后代谁没有听过一些祖上传下来的传奇故事呢！

从遐思中回来，还是让我们端详这眼前的芦花吧！芦花啊芦花，看似柔弱却坚韧不拔，外貌平凡却品格淡雅。寒风来的时候，向一个方向凝聚；朝阳出来的时候，朝一个方向伸展。守其柔但不失其志，斗冰寒而不失其美，这就是芦花的心灵。中华大地上的每个家族，都像一株飘动在大地上的芦花。

芦花飘处起乡愁。秋风掠过，我的眼前仿佛浮现出祖上男女老幼坐在院里编席子的情景。他们偶尔抬头望望湖上芦花的风景，然后继续用结满厚茧的双手为万家炕头抓紧编织炕席，用新席迎接寒冬的到来，迎接新年的到来。

最远的路

当羊羔啃下第一口青草的嫩叶时，春天来了。

上午，牧羊人为生产队在河滩上牧放着羊羔，同时也牧放着我们几个孩子，那时我大约有五岁了。吃了青草的羊羔变得兴奋，而我们与羊羔一起在松软的草滩上撒欢儿。

不好，我被一块石头绊倒了！余光，我看到羊羔奔走的蹄影。羊羔咩咩的叫声通过大地传过来，是如此清脆震耳。

咦？羊羔的蹄影中一团粉红在眼前闪过，像云，像星。

我站起来跑过去，迅速地超过几只忙于吃草的羊羔，再一看，那粉红却不见了。当我再次俯下身贴在地上向四面看，还是在一段小坡上，闪动着粉红的影子。

站起来跑，俯下身看；俯下身看，站起来跑……如此多次交替。

我的眼睛大约对北方漫漫长冬的赭黄失去了忍耐，执着于寻找这春的异色。我穿越了羊羔群，找啊找啊，终于找到了。这粉红的影子原来是干涩原野上一朵粉嫩粉嫩的小花，在太阳下闪烁。

俯下身来看，这是一朵多么美的小花啊！张开了小嘴，又舒开了两翼，两翼间是一条那么美的折线，粉色从内向外逐渐变浓。花的质地那么娇嫩，轮廓那么精巧。好神奇啊！小花好像要飞离地面，张着嘴，要与我说话呢！

不能让羊羔吃掉这么好看的灵物，我要采回去装在瓶里献给妈妈。

我采了一朵，远处又出现一朵；采完远处的，更远处还有一朵。

我渐渐感到眼前的坡越来越陡，风越来越大，而小花也越来越多了。

这时，牧羊人边喊边追上来。回看河滩上的羊羔变得像黄豆粒一样小了，我才意识到小小年纪的我已攀登上了一座山岗，心里有一丝恐惧，但更多的是惊喜。

这一天，为了这把小野花，我第一次攀登上了村边最高的山岗，那是我五岁前自己走过的最远的路。从此，小花在荒凉大地上延展的路迹深深印在我的脑海里。

鲜花在前面，我在路上。那粉红的山花，是爱情吗？是未来的事业、是花仙、是美神、是自然的精灵吗？那花迹是人生的路标吗？

至少，那是梦境与大地的首次重合。那小小的花儿，虽身居险处，却最值得追求，它们生动诠释了大地的神奇。

多年以后回看，那所谓的山岗并不高啊！而那小花，也实在平凡，但我以为那山岗依然是我今生走过的最远的路，因为那小花至今还在我的眼前闪耀，一会儿远，一会儿近。

泥花坛

泥花坛是农家用泥垒起来的一座坛，正对着各家的窗户，在家里端着碗吃饭就能赏到窗前的花。

如同西方人饭后要围着壁炉聊天一样，玉泉隆人在屋里吃饭时望着花，饭后要来到自家的泥花坛前赏赏花、消消食。看这株花放叶了，看那株花打骨朵儿了；看这朵花谢了，而那朵花正要绽放。

孩子们骑在墙头上观花，更是比拼，看谁家花坛里的花多，看谁家院里的花艳，看谁家花坛里长着分根花。分根花学名叫大丽花，属多年生草本植物，冬天要把棒状块根移到屋里过冬，既不能冷着，也不能热着，堪称花坛里的贵族。分根花高大且花冠艳丽，这种花的花与叶也非常鲜嫩，深受牛的喜爱，牧归时每当牛群进了院，大人会叮嘱孩子去守住花坛。孩子们拿起一根葵秆儿，认真地站立在花坛边，宛若在险境中当了一回勇敢的士兵。

倘若一场透雨下过，雨一停，村里的少女们就会奔忙起来。她们聚在各家的泥花坛前，你移一棵秋不落，我移一棵夹竹桃，各自奔跑着去种植到自家的花坛里。村上奔跑着的移苗的少女，就像彩云在天上穿梭。

各家各户的破盆烂罐，被少女们挑拣出来，随便盛点土，派几株花苗到土中，一一端放到窗前或墙头。过几天花就忠实地开了，开出几许意外，一处处不起眼的土墙，瞬间成为夺人眼目的生动花圃。

泥花坛虽不大，却滋养着村人的精神。村人下地回来再疲劳，有一瓢水，总是先浇花，然后才想到人畜的饮用。即使最忙的夏季农时的夜晚，村里也有人去泉上担水浇花坛，因为水桶里水波晃动的声音惊醒过村人的梦。

如果从高高的漫甸下沟回家，一路上从高处看村子，会看到一家家院里的泥花坛像理想的火光，照亮了一座座小院，而院里分根花像富贵的牡丹，印证着这家人的高贵。

夹竹桃、秋不落、阴天合，各家各院泥花坛里的花长得有好有坏，但总会三三两两绽放一二。

细心的农人为儿女考察亲家，不仅看粮仓里粮食多少、柴火垛的高度、被褥的洁净程度，也看泥花坛里花的长势。如果只有一两种花，还长得不盛，这样的人家就很难结为亲家了。

泥花坛是体现玉泉隆人精神面貌的小天地，农人没有精力种出大面积的花圃来，他们就种一座小小的泥花坛。如果大田里的作物被冰雹打烂，如果孩子刻苦读书但最终没有考上大学，如果自家的孩子遭遇了退婚，如果杏刚刚熟软而爱吃杏的老人却撒手而去，看着泥花坛里历经风雨后又欣欣向荣的残花，就是对村人最大的慰藉。

“你走了，谁在冬天给我们护着分根花的根？”

“你走了，我们去哪里移苗呀？”

这是出嫁的序曲。

自从村子里嫁出了第一位姑娘，泥花坛就面临着破碎。

整个村子的破碎是从泥花坛的破碎开始的。起初风吹掉了一块泥皮，又一块泥皮跟着掉了，泥花坛里盛不住水了，屋里的主人也下不了炕了。风从下面吹干了花的根，花随即倒下。泥花坛变成了泥墙的一部分，最终随着泥墙一起坍塌，院落荒了，生机陷落了。

新近回乡，村上新修的砖房里干净亮堂，但我没有看见泥花坛的影子。

而在我的梦里，泥花坛不时地出现，叶叶浮动，花意绵绵，托起分根花相依的笑脸，促使我写下以上的文字。

我深信泥花坛作为美的粮仓是坚固的，面对岁月，它终将再次绽放。因为在心中绽放的才是人间不落的花。

泉花

玉泉隆因泉得名，如同去了济南一定要看趵突泉一样，来玉泉隆串亲戚的人们都要到泉上赏一赏泉花。

贴着泉底，斑驳的细沙之上升起几朵泉花。泉花由银珠构成，粒粒向上，似要长成三两棵银树，但到泉面就化为波纹消失了。这泉花是与日月等长的，不停歇的。

泉花由泉面罩住，绽放出无声的琼花。顽皮的孩子一度想接近它，偷拿着家里的笊篱捕捞这泉花。一笊篱下去，不想泉花却轻巧地越过金属丝网格照旧盛放，那落到泉面上的波纹颇像一抹笑容。捞来捞去，孩子们只收获了打捞时的趣味，随后掬一手心波纹仰面畅意而饮，然后就像醉汉一样心满意足地回家了。

泉花是不区别对待的，小草先来就绽给小草，喜鹊先来就绽给喜鹊，牛羊先来就绽给牛羊，路人先来就绽给路人。对于万物的光临，不让他们等待片刻，绽放的都是第一朵。

泉花是迎合季节而改变温度的。严冬来了，整个大地都冻了，泉花却腾腾地冒着热气；但一到夏天，泉花又变得清凉凉的，齐刷刷地冒着凉气。

对，是泉花让泉面保持洁净的，有草末，有尘土，有混浊的雨水，是泉花流动的水波将它们一一冲走了。

泉花是安宁的，不知何时何地电闪雷鸣过后，几块黑色的巨石从山顶滚下来，落定后成为泉花忠实的护卫者。有了泉，玉泉隆不用打井，所以多少年也没有小孩掉到井里的事情发生；有了泉，也没有谁把泉舀干了而与村人吵架的事情发生。泉花保证了泉面的干净，泉花善待了万物，也擦拭了路过这里要远行万里的云。

泉花这么坚定地来到人间是要干什么呢？止口渴，成美食，浇菜园，壮牛羊，助洁净，映人面，现美景……其用途数也数不过来。

反正泉花是汩汩的，泉花是常更常新的。

不，泉花来人间不是具体干什么事的，它是为信仰而来的。

坐在泉边赏泉花，仿佛能听到它们在轻诵自然的经书。

泉面

泉是村之眼。

玉泉隆的名字中有“玉泉”二字，当然是因为山脚下有一眼汪汪的泉，它是村庄的眼睛。村庄的眼睛是多情的。清晨这泉会借着朝阳的光，让生机流淌进一个个小院里，让小院从睡梦中醒来。

吃水靠这眼泉，种菜也靠这眼泉，而在我看来，玉泉隆人的美丽与水灵也是靠这眼泉。

清晨人们来这里担水，一低头，会看到自己的面颊，同时看到自己的眼睛，会被自己清澈的眼睛所打动，然后看到的是天光。水桶一打破泉面，自己的影子就碎了；水桶一拎出来，一位面貌姣好的姑娘或者帅气小伙的影子又出现了，像画中人一样好看。我不相信什么传说，但我相信，天天透过这泉面端详自己，眼睛会变得好看，面颊会变得俊俏。

这眼泉是美的映照。城里人穿着睡衣就下楼遛狗或者拿快递，玉泉隆的姑娘与小伙不是这样的，他们要拿出一天最好的状态，才去从泉里担水。他们知道泉面会公正地衡量着自己的美的，看到什么样的自己，一天就会有什么样的运气，一天就会有什么样的心情。于是人们出各自的家，行走于泉边，或相跟着，或相对而过，颇像一场每天清晨定时上演的时装秀。新媳妇、新女婿，担水是他们必做的家务，他们从当街走过，铁皮水桶晃动发出声响，这是玉泉隆的一道风景。

像云中飘下来的，姑娘水灵得像水葱，小伙结实得像杨树，找玉泉隆的人作对象，成为上、下营子的时尚。

我尝试过，即使是老了，我们去那泉边映照，也会感到年轻的。因为泉面的波纹在风中是晃动的，一晃，就让你变得年轻了。

我不相信灵丹妙药，但我相信大地的瑰丽。

长大了回头来想，泉面竟然是人生的第一面镜子。在泉面前，没有人因看不清自己而感到迷惘。

原来自然的映照才是对人最美的塑造。

四块石

最近，我常常想起村上的四块石来。

这四块石位于玉泉隆的十字街头，一块大的，三块小的，倚着泥墙。这大的石块特别平整，就如一个石质的炕。老人如同一盆火，先焐热这个炕，然后孩子们拥挤着凑过来，如果能坐上一个边缘，就感到暖暖的幸福。

这四块石跟前是村中人气最旺的地方。白天人人都愿意来这里晒太阳，晒太阳的同时，可以交流农事。午后村里人什么话也不说，就坐在四块石头上眯着眼感受风，或者享受阳光，没人感到无聊。阳光下院里的干草被晒出吱吱嘎嘎的声音，而累了的人们可以在石头旁倚墙侧卧着小睡，引得猫与狗也过来凑热闹。

大爷年过七十，留着斑白的胡须，雕像一样，是四块石那儿的常客。记得他经常讲苏秦和张仪的故事，说人要混好了就能像苏秦一样挂六国相印；说人要是混不好了，就会“妻不下纴，嫂不为炊”。

往往到了晚上，这四块石跟前就如城里的茶馆或酒吧一样，成为农人放松谈天说地的地方。如果先被男人占据了，聚的就是男人，这一晚上就是男人的话题；如果先被女人占据了，聚的就是女人，这一晚上就是女人的话题。男人的话题往往会由当过兵的人带来战争往事，英勇惨烈，像镰刀；而女人则大多带来娘家的奇闻逸事，东拉西扯，像针线笸箩。来得晚的人四块石坐不下了，就只能蹲在旁边聆听。没有石头可以焐热，焐热的就只能是泥墙了。

夜深了，月亮升起来，而夜越深，人们聊得越隐私。故事像从山顶上滚下来的线梭，完全停不下来，一直滚到河边。儿时，妈妈坐在四块石上与人聊天，将我抱在怀里用大襟袄遮着凉风让我睡觉，她以为我睡着了，实际上我没有睡着，我偷听她们讲故事呢。

我记得人们在说到好人的时候，都啧啧赞叹，说到坏人总是“呸”一声，经常把唾沫星子溅到我的脸上。为了偷听故事，我也就忍了。谁听到的故事最多，不是我，而是墙后的一棵杨树，风一吹，叶片沙沙作响，好像在体现它的参与。

生产队里说的是公话，四块石上说的可都是私话，而且越是小道消息越有爆炸效果。看来天底下的人都不缺乏谈资，闲谈仿佛是人与生俱来的本事。

我还记得，更多的时候，这石上的人们聊的话题是论亲。比如会说到这样的故事：那年夏天，王二赶着马车去搞副业，过了西拉沐沦河，天色晚了，只好打扰路边的一户人家进去借宿。主人都睡下了，却被叫醒，开门时不太乐意。但坐到炕头上论来论去，一听说来者是玉泉隆人，这家人的眼睛就亮了，说："你们那营子有位先生叫张钧吗？"王二说："是呀，张钧，字智全，那是我表叔呀。"主人说："这张钧可不是外人，救了我媳妇的命。我媳妇当年得了产后风，正好张钧在这河北一代行医，一粒药病就治好了。这么说来，咱们也是表兄弟呢。"当时就唤自家女人做菜上酒。女人听说是张钧的同村人且是亲戚，把白天里刚刚放进母鸡翼下育雏的鸡蛋都给拿出来炒了，差点让正在趴窝的母鸡给啄了手。这样一直喝到半夜。第二天早晨吃了早饭，又送出好远。王二称赞那家人可真有亲戚滋味，再路过一定要再走动一下。如同"酸得倒牙"是一缸酸菜的标准一样，"亲戚滋味"是玉泉隆人评价一个人的重要指标，在他们的闲扯中，不够"亲戚滋味"的人如同禽兽，甚至禽兽不如。渐渐地，听得多了，我也听出一个规律来：亲戚在于论，在于走动。

表亲是一个筐，什么都可以装。表亲分里表、外表，涉及不同的姓氏，三代以上颇需要一些逻辑知识，还要论哪个体系近，哪个体系远，或者差了辈分还得各亲各论。即使这样复杂，四块石上的多数人最终都能论得清清楚楚，因为不论清楚他们就不回家睡觉。

新嫁到村里来的媳妇经过一次四块石的畅谈就知道了村里的亲戚脉络，将自己融进村子里，而因为浇园抢水或者争夺树叶红过脸的村人经过一次四块石的长坐就和好了。就沟通的针对性与治愈性来说，玉泉隆的四块石确实是强有力的。

有时上下村的人路过，也会在四块石上歇一歇，村人会捧上园里的黄瓜或者一瓢清凉的泉水。有人说农村人只对熟人好，对陌生人不好，而在我看来，四块石让陌生人都变成了可以聊天的熟人。

这四块石有些年头了，听我的父亲说，我爷爷出生的时候就有了，爷爷记着他的母亲曾抱着他在这里给他喂过奶。据说这四块石的边角原是非常锋利的，现在已经磨平了，变得圆滚滚的。

村里有不同的姓氏，祖上来自山东、河南、河北、山西等省，但他们都是四块石上的常客。四块石，一代又一代人把它焐热了。热了又凉，凉了又热，几代人就这么过去了。

进城后很长的时间我都纳闷，天这么热，没有像四块石样的地方，这城里人是怎么熬过来的呢？

难忘四块石，那是我们一代又一代玉泉隆人在星光下的家。

骆驼蒿

原以为在北方的崖隙间，铁一样的石头上是不长植物的。仔细观察后发现是长的，根在崖隙，蒿在石上，紧贴着地皮生出一种灰绿，背景是云天。这种植物就是骆驼蒿。

有一天，哥哥背着骆驼蒿推动柴门的时候，母亲在屋里听见了，母亲停下正在翻饼的铲子，急匆匆跑出来给哥哥开门。母亲看到哥哥身上两人高的骆驼蒿以及滴到地上的汗水，母亲看不见儿子的脸，但她知道儿子从此成人了，可以成家单过了，因为这骆驼蒿是力量，是勤劳，是长大的尺。

像哥哥一样，在最冷的冬天背一大捆骆驼蒿回家，是我那时候的梦想。一个寒假的时间，给父母留一垛与房齐高的骆驼蒿在院落里，这是美，这是爱的回馈，这是男人的风格与尊严。

骆驼蒿有一种油脂，在灶火里，那种丝状的纤维发出轻微的响声，然后它的根部会燃成火炭。这火炭放在火盆里，祛除寒气，温暖了整间屋子。把五花肉和芥菜秧子装在瓦罐里，在这火盆里煨熟，这是冬天里农家最美的菜肴。

这次回乡，我登上山崖，再次看到了你——骆驼蒿。人们不再用你烧火做饭了，你继续在故乡的崖隙间疯长着，你是用来给大山保暖的。

如果不蹲下身来，我居然不能发现你。你长在人们的脚下，默默坚守，让青山熠熠生辉，这就是你的品格。

我坐在你的身边，山风呼呼地吹着，我感到了新的温暖，你用山间跳动的一抹一抹灰绿烘烤着我的心房。

花纹烙饼

祖先最早从顺天府玉田到了塞上的克什克腾，一支人在玉泉隆，另一支人到了北窝铺。这两个村子只隔不到三公里地，却是两种地貌。

北窝铺被称为漫甸，玉泉隆被称为大川。漫甸是山坡地，地多种小麦；大川有水地，靠着一条叫怀都昆兑的小河，地少则种谷子。

大川里有水，春天能早早吃上小葱和小白菜，人长得水灵。但大川人苦啊，大川里用小米做成的干饭是很硬的，有的人吃了胃就受不了。真有个别嫁到玉泉隆的媳妇，因为婆婆一天三顿老干饭而离婚，又回漫甸找人嫁了。大川人不想老吃谷子，要过春节了，就去漫甸换麦子。有的人家愿意换，有的人家不愿意换，北窝铺有了自己一个姓的本家，无论如何是能换一些的。

川下种米、种菜、种果树，梁上种麦，我想这也是祖先分一支人到梁上种麦子的远见。祖先的远见，还不止这些，麦子可以加工成白面做面食，麦秸还可以用来苫房。

我家正在盖新房，这房的房框子最早是三大爷家盖的。三大爷在牧区做兽医，那时候战备紧张，就在村里盖了三间房，说一旦战争起来了，就可以回村里躲避。等房框都盖起来了，战备又不紧了，三大爷把房基、房框给了我家。我家新房上安好檩子，房泥都上好，就等着麦秸苫房了。

到北窝铺摔麦秸，这又是一道景观了。我的父亲在村里放羊分不开身，只能是母亲去摔麦秸。母亲如果去摔麦秸了，谁来带我呢？那时候我五六岁，母亲就带着我去了北窝铺。摔麦秸是一个欢乐的劳动场面，为了躲开雨季，抢收麦子需要没日没夜地劳动。夜里点着嘎石灯，在一个宽敞的大场院里，边上围着一圈高高的麦秸垛，这边北窝铺的社员都戴着口罩在用脱粒机脱麦粒，母亲则站在边上，挑选又高又好的麦秸，在一个碌碡上摔掉残留的麦粒，把一束一束麦秸整理出来，一捆一捆地放好。为什么不能把麦粒留在麦秸上呢？因为一旦留下麦粒将来在房顶上引鸟啄食，那就会让房子漏雨。我的本家那么忙，姑姑、婶子、姐姐还是会过来帮忙摔麦秸，权当是一天下来的休闲。我则和新相识的小伙伴们在麦秸垛玩，从墙头上向麦秸垛中跳。河边的孩子跳水，我们漫甸上的孩子则跳麦秸垛。麦秸垛松松软软，像极了北窝铺人的怀抱。

我们住在一位叔叔家，叔叔家的炕烧得特别热乎，玻璃窗擦得铮亮，近看可看到花坛上秋不落的每一片花瓣，远看能看到群山的沟沟壑壑。北窝铺居于梁上，哪样都好，就是吃水困难，每一碗水都要给驴架上驴驮子，去近二公里外的山下驮。孩子们能赶驴驮水，这是成为成年人的标志。由于水金贵，平时都是一大家子用半盆水洗脸，然后洗脸水还得用来浇花什么的，但是婶子每天早晨都给我们端上一大盆温水用来洗脸，这让我们感到太奢侈了。

本家就是本家，特别热情，一家一家轮着请吃饭。我记得被请到六叔家吃饭，六叔家人多，有十多口人，整个炕坐得满满的，母亲和我被请在正中间靠窗的位置。六叔家那口锅真大，做的饭是当秋新下来的莜面鱼鱼和土豆做成的汤面，莜面鱼鱼里还夹杂着一些莜麦的表皮，土豆正在锅里化成糊状附着在莜面鱼鱼上，莜面鱼鱼在漂着猪油花的汤汁中浮动，整间屋里都飘散着秋的香气。

对我来说，小米也能咽下，但毕竟面食更加好吃。在北窝铺的日子，让我吃到了很多以前没有吃过的面食，如面条、面片、花卷等，最好吃的要数发面饼。新下来的麦子用石磨碾成面，然后放在炕上发酵，不滴一滴油，用干锅烙成烙饼，放几天都坏不了，是下地干活和出远门的必备品。由于那烙饼擀出来在等待下锅前，先要放在高粱秆做成的盖帘上，于是出锅后烙饼上依然留有横条的花纹，我称这种发面饼为花纹烙饼。

几天的时间很快就过去了，摔好的麦秸已经堆为小垛，足够苫房用。麦秸要保持湿度，等着父亲从山下尽快套车来拉走，母亲和我也要离开北窝铺了。

在母亲和我从北窝铺一家一家的门口走过的时候，我想象不出我儿时是什么样的，只知道北窝铺人是那么的不舍得我。叔叔婶子抱着我亲，亲得我脸上湿漉漉的都是口水。连那些不是本家的人，见了我也要过来抱抱我，把我举过肩头，让我能再次看到远山。等我和母亲即将走出村子的时候，这家给、那家送的，我的两个书包已经装满了带花纹的烙饼。

那天，太阳照着黄土高坡，母亲牵着我的手，我一步一回头依依不舍地离开北窝铺。北窝铺好多人相送，明晃晃的太阳照得那山坡黄灿灿的。

我和母亲向人群招着手，人群也向我们招着手。

“小山，小山……”

正要拐过山头，母亲和我发现姑姑边跑边喊，气喘吁吁地追了上来，姑姑就嫁到了这个村子里。姑姑那么快就攀上了山坡，又是一书包烙饼，饼刚出锅，摸上去还烫手。

姑姑抱着我，那么不舍得我这个小侄子离开，好像知道相处这么久的一段时光在彼此的人生中只有一次。姑姑抱起我的时候，我再次看到了北窝铺这个小山村的全貌。这是一个建在山坡上的小村庄，院落次第排列，每一个院落都像一个乖巧的儿童，坐在板凳上安静地晒太阳。依靠太阳的光辉而生存，村里人的生活虽然艰辛却美好。

我把姑姑带来的烙饼背在肩上，那饼隔着书包和衣服还烫着我的背。山风是凉的，饼是热的。把烙饼背回了玉泉隆，与兄弟姐妹共吃共享，很是快乐。从此，带花纹的烙饼也以味觉的形式留在了我生命的长河里，一闻秋麦，便想起北窝铺那段时光，想到追赶我们的姑姑的身影。

当下我身居繁华的闹市，思念花纹烙饼不仅仅是留恋美味，我还想，在城市化阔步前行的同时，能否留下些农耕文明的优秀因子，以此算作对它的告别。

第二辑

乡人记

他们是从事耕作的人，
大地借由他们完成诗意的抒写

根壤

为念书出来几个，矿山招工出来几个，牧区招牧羊人又出来几个……玉泉隆村本来就不大，眼瞅着从事传统农业生产的村民是越来越少了。

有人进城打工，留下来的人把打工者的地承包下来种。包地者起初还喜在心头，指望多承包些土地改善生活，但那一年夏天，百年不遇的一场特大冰雹，让玉米只剩下一根光秆，让大豆田只剩下一缕烟尘。玉泉隆又一批人从村里撤了，决意进镇打工。他们发誓，宁可讨饭吃，也再不会回村里种地了。

家族里在这场冰雹过后依然没有离开村子的是大侄一家。大侄有三个儿子，大概这三个儿子在城里一个接一个地念书需要钱，使得大侄没有转型调整的机会，反正大侄是留下了。

大侄和侄媳妇两个人收拾着上百亩地，我父母的地也给大侄种了。每年秋收之后，大侄会来到经棚镇，把新鲜的小米和加工好的荞面给我的父母送来，同时结合不同的年景送来几百元钱。

这一年，清明节我回玉泉隆祭祖，来到了大侄的家里。经年的劳作，让大侄显得老了。但大侄的大院收拾得非常干净，炕上地下，早早地摆好了四张桌子。院里阳光下也放了桌椅，供人们喝茶打扑克。从大侄家的炕头就能望见家族的坟地——云彩地。按照多年的习惯，族人过河上完坟之后，就会回大侄家吃午饭。大侄家这一天会变得特别热闹，炕上会坐得不露炕席，厨房里会挤得转不过身来。门前的空地上停了一大片车，有越野车，有农用车，各种各样。而这些人有从上海回来的，有从北京回来的，有从经棚镇上回来的，站了一院子。一年里家族的人在这一天是最齐的。

最让我难忘的还是大侄两口子精心准备的这几桌农家菜，有肘花、皮冻、鸡渣咸菜等，一看就是过年没怎么吃，专门留下的。有一盘猪皮炒黄豆芽，那猪皮特别有嚼劲，越咀嚼越香，让你品尝到优质的农家猪肉。豆芽刚刚扭嘴，经猪皮油的浸渍变得鲜嫩，我回到城里如何也仿制不出这种味道来。大侄家的煮鸡蛋我也是吃了一颗又一颗，那蛋清如玉，蛋黄是那种油汪汪的黄，黄得像草原上的金莲花一样，分着层次地黄，吃起来绝对是童年的味道，让你觉得那一去无踪影的童年也许就藏在这嫩嫩的蛋黄里。桌上的菜还没有吃完，人们已经排队来到厨房里等着盛酸菜卤的荞面饸饹了。一碗荞面饸饹下肚，清明宴就算接近尾声了。

年年要招待这些回乡祭祖的城里人，我以为大侄已经颇会说话，跟这些城里人一年学一句也够用了。但是大侄还是一说话就脸红，只会一年一度地重复那一句话："老家没啥好吃的，就这水平了，大家吃好喝好。"侄媳妇脾气好，满脸都是笑容，在压水井旁压水是笑容，进仓里找东西是笑容，端菜续盘时是笑容，给抽烟的找来火柴还是笑容，也许正因为女主人是笑着的，这清明宴才能年年得以持续。

家族里有大家共同捐出的祭祖基金，起初大家看到大侄靠种田为生，却如此倾心招待家族人，真是不容易，要给大侄留钱，大侄死活不肯收下。大侄说："也没啥好吃的东西，都是自家产的，自己家人来到跟前，吃顿饭还不是应该的嘛！"争来争去，大家还是被大侄说服了，再看到大侄脸上的那种表情，似乎谁也不忍心与他提钱了。再说钱，也许对他真的是一种伤害。不管是被动的还是主动的，大侄把他的全部忠诚都献给守护故乡的事业上，也许他把每年的这场家宴视为一种城乡间的深度聚合，让他发现人虽有了物理距离，但心还是在一起，这让他感受到发自内心的快乐和守望故乡的独特价值。

大侄说："你们一回来，我这心里就有底了。"而我们这些流浪在城里的人一离开村子，恰恰觉得心里没有了底。我从媒体上看到，有的地方为了响应乡村振兴的号召，让农民工重返乡村，要重振乡村文明。而我在玉泉隆却没有看到这种迹象，没有一个年轻人会返乡务农。大侄和侄媳也快六十岁了，一年比一年老了。他们很像是一对超期服役的士兵，恰恰又守在城乡联络的前沿阵地上，而这种悲壮的情形在乡土中国又是多么普遍。

大侄老两口一滴汗珠子落地摔八瓣。用一粒一粒的米、一颗一颗的大豆，卖出钱来，供儿子们进城追逐不断高涨的房价，让儿子们相继成家立业。大侄院里的房子不断装修美化，孩子们过年会回来住几天，但一过初六就又不见了踪影。

回乡祭祖的车队排满那条狭窄的乡路，离开玉泉隆时，车队真的是威武，鸣着笛，让鸡鸭躲道。大侄和侄媳妇站在门口与家族人挥手告别，这时，我的心里产生一种从未有过的脆弱。是的，大侄和侄媳妇的腰都累弯了，他们如果老得丧失了劳动能力，将来这个城乡间的重要联络站谁来承接？

克什克腾旗的旅游业正在兴起，但农区旅游起步较晚，何况玉泉隆又是远离城镇的。没有年轻人的玉泉隆，其命运走向可想而知。大侄说他无论如何不会离开玉泉隆，他愿意在这里终老，为乡村，他们会战斗到生命的最后一刻。

对大侄两口子心怀敬意之余，我又不得不在日常生活中开始反思，平日我们在城里往往只盯住高楼与高官，却淡忘了由普通人支撑着的这个城乡社会持续下去的支点。如同一根麻绳已经细微成最后一两根丝缕，我们不能只记得家乡菜好吃、酒好喝了。如果说城市是树冠，那么乡村就是树根，这个树根是断掉还是延续？那个“支点”正在发出嘶哑的呐喊！我坚信，城郊型乡村必须繁荣，而那些养育了我们成长的穷乡僻壤亦不该任其荒去。

清明时节雨纷纷，路上行人欲断魂。少小离家时，村口的杨树林才与房齐高，如今已高出房屋的一倍多，掩映着山村。返城的路上，自然似乎在安慰我们，迎面都是柔若暖绸的春风，人世起起落落，而山水生生不息。大侄、侄媳妇以及继续坚守着故乡的乡亲们，他们就像是长在根壤上的一棵棵白杨树，我想当我们像看待英雄一样看待他们的时候，希望与力量也将在这里再次生根！

后水泉子大姑

大姑家靠近后水泉子，为了区别于村里的其他大姑，我们习惯于称她家为后水泉子大姑家。

大姑家家境要好些。在我的记忆里大姑家干净，地上总是洒了水。春节去各家拜年的时候，大姑家炕上的盘里总是糖果最全、最多，且总是满着。

大姑家就在泉子边，院里种了果树，果子又甜又面，秋日里整棵树骄傲地伸出墙面，好像在替自己的主人撑腰——谁想吃果就要与我家的主人处好感情。

近水楼台先得月，似乎是有山泉水的保佑，大姑的腿脚像她的精神一样好，她走起山路来如履平地，永远像一阵风。如果我坐在我家的炕头上，看大姑从门外路过，就如同看到一道闪电，她如果穿着绿色的衣服就是绿色的闪电，她如果穿着红色的衣服就是红色的闪电。如果想从院里追出来看她，你跑到大门外，她的背影已经到泉子边了。

大姑性格刚烈，尤其不怕当官的，遇到当官的，不管大队主任还是公社书记，她的眼都会立成三棱形的。而遇到百姓，她的眼睛瞬间弯成月牙形的，微笑的同时露出洁白的牙齿。村里有什么气不过的不平事，人们都愿意与大姑说说。

大姑爱俏，是村里第一个敢穿白皮鞋的女人。出门前她会把白皮鞋擦得锃亮，她穿上鞋走出家门后，还得连鞋后跟也端详下，看是否已擦亮。说到大姑爱俏，村里人都会学她看鞋后跟的样子，多少年都这样。

有一年寒假，我到泉边担水，路过大姑的门口。大姑说："学生，你担半桶水过来，另只桶我给你拿点东西。"我一时还没明白，大姑告诉我具体怎么弄。我这才知道，原来水桶不但可以担水，还是可以作为运输物资的秘密工具。

我担了半桶水，拎着另一只空桶走过去。大姑瞅瞅四周没人，就把我领到院里，从墙头上拿出一个盆来，盆里放了一段猪血肠、一块猪肉和一块煮熟了的猪肝，她把这些食物移到桶里。大姑知道这一年我家的猪死了，冬天没有猪可以杀，于是给我家悄悄地准备了这些。她也知道我家是有晾好的干白菜的，她说干白菜知道你家里有，就不给你拿了。

我挑着水桶走过大半个村子，没有人知道我的水桶里装着什么。而到了家里，母亲把桶里的东西收好，说大姑做东西干净，放心吃吧。我问母亲，大姑完全可以大大方方地给我拿东西，为什么要装水桶里掩护。母亲说，都在明面上拿，哪有那么多东西！村里那么多亲戚，都拿，她整头猪分了也不够。母亲还说，大姑用水桶给我家捎东西是有传统的。

在那个特殊的年代，母亲因为成分不好，生了二哥却没有村人敢来看喜。三天了，一个人也不来，母亲一生闷气，就没有奶了。有村人盯着我家的门口，想看谁敢送东西，果然是没有人的。但没有几天，暮色里父亲去泉边担水，大姑把一只收拾好的小笨鸡偷偷地放到父亲的水桶里了。母亲喝上了鸡汤，自然就有奶了。从此，水桶成为大姑与母亲运输物资的秘密工具。当然就像大姑送来小鸡一样，母亲也把我们从城里带回来的橘子、柿饼、大米等稀罕物用水桶运给大姑。

大姑与老姑是在我爷爷奶奶跟前磕过头的干姐妹，由于走动得勤，再加上她和我母亲聊得来，所以走动得就像亲姑姑一样。

有一年清明，我和父亲回到玉泉隆，看到大姑在家里孤孤单单一个人，但是她老人家还是那么健康。知道我们马上就要坐车回城里了，她甚至没有给我们倒水，而是站在地中间给我们唱了一首歌。这是一首老歌，歌声是洪亮的，院外的大山、果树与泉水一定能够听见。我当时都有些愣了，大姑怎么张口就唱歌呢！难道只有歌声才是对逝去岁月的告慰？父亲说大姑当年可是秧歌队里的主角，《拥军花鼓》唱得最好，扭秧歌也扭得最欢。

如今大姑的两个儿子在锡林郭勒盟，两个女儿嫁到了远方。儿子要把她接到锡盟，但她说她离不了这个院子。大姑指着一面镜子给我讲解，说这个是她的孙子和孙子媳妇，那个是外甥女。他们的形象都特别青春靓丽，一看就知道他们完成了从乡村到城市的蜕变。

一座山，一眼泉，一棵树，一个院子，一位老人，这就是后水泉子大姑家的样貌。

还有一年冬天……我和父亲要走了，大姑四处找也没有找到可以带给我们的东西，就从窗台的盆里拔出一捆葱，到院里摔掉土，给我们带上。她说这是地道的洋铁葱，拌咸菜最好吃了。我这时才发现，大姑的两间屋的窗台上摆满了一盆又一盆葱。葱的根部有青铜色的叶片包着，葱身洁白修长，而顶部是一芽又一芽的新绿，犹如过年的年画，也宛如春天的菜地。我想这是整个村子冬天里最大的一抹绿色了，它迎接着从玻璃透过来的阳光，又把绿影投射在玻璃上，完成与阳光的共舞。在小铁盆、小瓦盆等大姑所能找到的物件里，在各种各样一寸一寸的土地里，大姑用自己的白发在寒冬里种植着每一丝春色。这可是苍凉而又漫长的北方冬季里的春色啊！春天不公，你为什么偏偏在我的老家来得这么慢。

村里多数人已进了县城，村子的规模缩小了，但只要有人担水路过这个院，就能收到大姑送的葱，当然这些葱是不用再装在水桶里的。全村人的冬天不愁没葱吃了。用大姑送的葱炒鸡蛋确实是有别样的味道的。我想即使没有人吃葱，大姑也会把葱当花一样对待的，一盆又一盆地养下去。

我坐上车离开了故乡，走得很远了，大姑还站在高台上向我们招手。她大概在想，这些没有了山泉水喝的孩子们在外面闯荡也挺可怜的。而我头脑里留下的不仅是八旬“空巢老人”的孤苦，还有她老人家装在水桶里的善良和一位植葱人的执着！

一把豆角

把腊肉从仓房取出来，放在菜板上，三嫂子中午要给全家人做贴饼子熬豆角。

两只白鹅抻着长长的柔韧的脖子，一边一个，挡住三嫂子出院门的路，三嫂子用手轻轻地挥开它们。

“躲开躲开，我下地去，回来给你们采野菜叶子吃。”

干农活本身已经够累的，三嫂子还是在靠近泉水的地方开出一片地来种菜。实际上她家里本身就有一个菜园子了，可是，她还嫌不够，大概是不忍心让那泉水白白地流去，或是她要享受那种摘豆角带来的乐趣。

春天，豆苗把豆皮顶破，豆角长出芽来。初夏，豆角开始疯长，一天一截地长，秧苗几天就没过脚面。

三嫂子开始把去年留下的向日葵的茎秆找出来，放在阳光下整理，两两相对，插在秧苗的中间，让一根根横在空中飘浮不定的嫩须有了归依。

天旱，豆角有些打蔫儿了，三嫂子很心疼，给家里的孩子喂过奶就跑过去。如果泉水的渠正被别人家使用，她就只能排队排到夜晚。月夜里三嫂子把泉水引过来，水咕嘟咕嘟地钻进那些干裂的地缝里，如同钻进豆角秧的嗓子眼儿里。解了渴的豆角秧高兴得要跳起来，早晨太阳一晒，豆角秧就没过人的腰了。

待到夏日阳光最烈的日子，三嫂子的豆角就进入收获季节。村人向东山的泉水处望过去，绿油油的一片，正是豆角秧苗搭成的绿篷篷，那就是三嫂子的豆角地。豆角地像一排排天然的绿色廊屋，是孩子们歇息和捉迷藏的好场所。

“这媳妇就是会种豆角子，也许是豆角仙子转世的。”

“豆角仙子有灵气。看谁种，有的人种的豆角只长到一拃长就停了，这媳妇种的豆角一尺（1尺=0.33米）长，吃起来还没有丝，你说怪不怪。”

“听说这豆角是从她娘家带来的种子，她娘家好几代人都种这种豆角。”

此时，为中午准备熬豆角的三嫂子已经钻进豆角地里摘豆角，茂密处，斑驳的阳光把三嫂子的脸照成了大花脸。

一弯弯豆角走出了叶的遮掩，在向日葵秆的顶部白莹莹地悬垂着。这种豆角白里透绿，绿里透白，尽情地舒展着它们娇美的身姿，如同模特在舞台上伸展她们的美颈一样，它们表达的是对三嫂子的感恩之心。

与出家门时的那两只淘气的白鹅一样，这些豆角也挡住了三嫂子的去路，挡住了三嫂子的脸，挡住了三嫂子的手，挡住了三嫂子的肩。这一弯弯豆角像是一个个顽皮的孩子，要黏住母亲，不让她下地干活儿。

三嫂子的脸上洋溢着甜美的笑容。再不采，这些豆角就老了。三嫂子一手挎个红柳编成的大筐一手摘，摘啊摘啊，不一会儿就摘满了一筐，实在没有地方给鹅再割把野菜了。

三嫂子走出了豆角地，跟着溪水向家里走。

路过宋家，宋家老人在拴牛。

“舅爷尝尝这豆角。”

路过张家，张家女人在哄孩子。

“五婶，你尝尝这豆角。”

路过当街的中心地，地里摆着几块平坦的石头，被人们的衣服磨得发亮，好多村民在这里闲聊。

三嫂子一路回家，给见过的人每人塞了一把豆角。

“哇……”

听到孩子哭了，三嫂子急忙向家里跑去。三嫂子生过三个女儿后，终于生了个儿子，视为珍宝。

进了自家屋，给孩子哺乳后，孩子不哭了，三嫂子开始下地做饭。看见菜板上的腊肉，她才发现，地上的筐是空的。三嫂子摇摇头笑了。

两只白鹅还等着吃菜呢，它们以为受骗了，又嘎嘎地叫着，朝着三嫂子的围裙围上来了。

后来的一天，三嫂子因心脏病突发倒在了豆角地里，她的三个女儿接过她的工作继续种豆角。她的儿子长大后无论走到哪里求人办事，人们都会说“就为你母亲当年那一把豆角，我也得帮你把这事办了”。当地人管这种豆角叫笨豆角，这种豆角之所以好吃，是因为它的角与豆均令人唇齿留香。豆角鲜嫩可口，炖煮后锅底里余下的三五颗豆自然就更好吃了。三嫂子的女儿种大棚蔬菜，后来把这种笨豆角带到了北京，北京人也吃上了这种豆角。

老园头

生产队给我留下的整体记忆是贫穷的，因为童年的我在捉迷藏的时候，曾扒在生产队粮仓的门缝望过，一束光照进，里面是空洞的。而唯一给我印象富足一些的老园头所经营的河那沿，则是生动的。

家里来了客人，母亲挎着筐带着我去河那沿买菜。过小河的时候，母亲要把我背起来。一背起来，我就从母亲的肩上看到了一幅画，这幅画叫“河那沿”：石头垒起的防洪堤里那是一湾突出的绿色，再细看则是由各种蔬菜形成的深浅不一的绿意。据说在画家的眼中，绿色可以有十几种，我要说看过我故乡的河那沿，绿色不止有十几种。园中一位戴着麦秸草帽的老人在弯腰劳作着，那就是老园头了。

走进河那沿，就进入一片绿色的世界，韭菜、茄子、辣椒、角瓜、水萝卜、芹菜、芫荽，各种菜争着抢着，长得满满的。能生根的生根，能长叶的长叶，能开花的开花，能结瓜的结瓜，整个菜园就像一个超级菜篮子，用绿色捂住了大地。畦间的窄径只容一脚伸向园中，这更增添了孩童的兴趣。我的脚是小小的，紧紧循着窄径走，但还是会碰到菜叶，布鞋被露水打湿。空气是湿漉漉、甜丝丝的。这菜园对我来说就像是一个花园，黄瓜花是黄色的，茄子花是紫色的，辣椒花是白色的。这横横竖竖的畦，就像我作业本的田字格，每一格里都是不同的内容，但没有一根杂草。沿窄径走着，我不小心被绊了，一脚踩进畦里，给畦留下一个深深的小脚印。那畦土太松软了，与面包像极了。我是被什么绊了呢？低头一看，是个横伸出来的大角瓜。老园头是种菜的能手，以种瓜最为拿手，他的瓜叶能护住整个水渠而不被人见。我猫下腰一看，那渠间又是一个更加生动的世界了，脉脉的渠水泛着亮光，亮光的上面开满了晶莹的瓜花，瓜花与瓜叶一起掩盖着大小不一的浅绿色的长条形的角瓜，七星瓢虫在角瓜上面漫步着。瓜叶真是老园头的好帮手，想必把小偷放进来，角瓜也不会被盗的。角瓜的蔓上有糙毛，不小心会刺到人。这蔓沿着水渠一路长起，一直长到防洪堤上，它的嫩须就像一个个问号，向空中延伸着，扩展它的家族领地。它长到防洪堤上可不是专为防洪堤遮风挡雨的，它是要生瓜儿子的。

老园头六十多岁，个子不高，脸色因长期日晒成了暗红色，身板还算硬朗。他手里握着一把精致的小锄，锄刃锋利。他是极有耐心的人，他问我母亲："家里有鸡蛋吗？有，那我给你割二斤韭菜，回家可以韭菜炒鸡蛋。""客人是漫甸来的吗？是，那好，漫甸人爱吃大沟的黄瓜，我给你摘两根黄瓜。”“记着啊，出园时我给你拔两棵芫荽。”“芹菜这两天有筋骨也有香味了，要么再来两棵芹菜……”我亲眼看到老园头用小锄割韭菜，贴着地面一碰，绿绿的韭菜就心甘情愿地倒下了，并不是小锄有多锋利，而是那韭菜太嫩了。割过的韭菜畦，恢复成颗粒感很强的松软土地，像极了一大块等待切割的蛋糕。

一会儿，母亲的篮里装满了菜，就拿到地头让老园头用秤称了，登记在一个小本上，待生产队年终结算。园子是丰富的，但老园头却没法慷慨，他并没有因为我是孩子而送给我一片菜叶吃，大概这样做是违反生产队的规定的。我们母子要回家了，天上飘起了雨丝，老园头随手摘下一片最大的瓜叶送我，给我当雨伞。我牵着妈妈的手，高高兴兴地顶着瓜叶向家走，恨不得雨下得大些，好让我测试这瓜叶可以遮挡多大的风雨。

有人说，老园头是从部队出来的，会武功，我想这是用来吓小偷的，我从没有听说他用过武功，如果有武功也全用到了菜园里。他在河那沿有顶用帆布搭的窝棚，太晒了能歇阴，渴了能喝水。没有人催促及检查他的劳作，但他自己一直不闲着。

老园头在村子的家很简陋，有一块写有“光荣烈属”四个大字的古旧匾额挂在正堂，是政府为他在抗美援朝中牺牲的哥哥发的。老园头娶了一个性格暴躁做饭粗糙的妻子，育有三子二女，他自己种好了园，但未必吃得上精致的饭。

与他的哥哥一样，老园头年轻时也从军，幸运的是他活着回来了。他脚后跟的侧面被子弹打过，留下了一个深窝，为了照顾他，生产队不让他做重活而让他经营菜园子。夏天的中午会有人替换他看园子，他回家吃午饭。吃完饭他累了，常到生产队队部门前的马车下歇阴睡午觉，他在家大约是睡不成午觉的，去河那沿也怕那个替他看园的人正睡着。他睡着的时候，淘气的孩子会在他脚后跟的窝里放一块冰凉的小石头，他醒来后四处寻找是哪个孩子干的，孩子们笑着四散奔逃。孩子们还猜想，他睡得那么香，会不会哪天有飞鸟来这窝里做巢呢！

秋天里，大拨人劳作的农田里粮食歉收，而老园头一个人经营的河那沿却通知村人分南瓜了。“是的，我到河那沿去亲眼看过了，真的是一家两担！”村人传着这个喜讯。河那沿的土地上陈列出一堆堆南瓜的山峦，好像大地在彰显它高尚的品格。大人小孩围在自家的瓜堆前兴高采烈，那南瓜橘红的花纹，描绘着人们的喜悦。

老园头何时去世的，我已记不起，但想起河流，想起河那沿，不能不想起他老人家。

我想，什么是好人？不要求大，困厄中能以果实的样态给人们带来实实在在希望的人就是好人。老园头就是这样的人。

七先生的琴声

我是喜欢听音乐的，现在经常听着听着就跨越时空想起玉泉隆村的七先生。七先生不是医生，也不是老师，但村里的人都管他叫七先生，每叫一声七先生的时候人们都要向他弯一下腰。

七先生会算卦。谁家丢了牛羊，都要找七先生算一下，他会告诉你去哪个方向可以找到。谁家办红白喜事，定日子、定时辰都要找七先生算。遇到节气，人们也会请教七先生，他会告诉你何时下种。七先生还会看风水。村里每当一间房子要上大梁的时候，都要请七先生用红纸画一个阴阳鱼的图案，贴在顶梁的正中间。梁的两边贴上对联：上梁喜逢黄道日；立柱正遇紫微星。然后悬一块红布垂下来，保一家平安吉祥。长大了我才知道，七先生用毛笔画的阴阳鱼图案大有说道，阴阳鱼正是太极图的中间部分，太极图则被称为“中华第一图”。万物负阴而抱阳，冲气以为合。

我六七岁时看到的七先生，已经成为一个皮肤松弛的羸弱老人。他性格温和，逢言必笑，拄着拐棍儿一站，一缕白色胡须便随风飘摆。冬天里他很少出屋，大年初一村里人会放鞭炮，让牛马羊奔腾着去迎接喜神的到来，这时会把七先生请出来，他会告诉全村人这一年的喜神在何方。据说，七先生会韩信乱点兵，羊群从他面前一过，七先生的报数与羊倌掌握的数字一个不差。

七先生自己有一间屋，炕上铺着毡子，毡上有张炕桌，与别人家特别不一样的是，他家的炕桌上放着一把古琴。我和七先生的孙子是同学，有一次，我和七先生的孙子要找纸订本子，就跟随他来到了七先生的房间。七先生看到我们来了，很是亲热，找一些一面已经被生产队用过的纸让我们去订本子，这样的纸背面还可以写字。我们不依不饶地求他弹琴，他就为我们简单地弹拨了几下。我记不得是什么曲子了，但是七先生抚琴的姿态和优雅的乐声，一下子就让我听得入了迷，顿时觉得窗前花草起舞、山河跃动。

听父亲讲，七先生会弹唱《苏武牧羊》，因为听七先生唱得多了，父亲也会背诵了。

苏武留胡节不辱。

雪地又冰天，苦愁十九年。

渴饮雪，饥吞毡，牧羊北海边。

心存汉社稷，旄落犹未还。

历尽难中难，心如铁石坚。

夜坐塞上听笳声，入耳心痛酸。

转眼北风吹，群雁汉关飞。

白发娘，望儿归，红妆守空帏，

三更同入梦，两地谁梦谁？

任海枯石烂，大节终不亏，

定叫匈奴心惊胆碎，拱服汉德威。

……

据父亲回忆，七先生在弹琴唱歌的时候，有时候会和现实结合起来，比如顺着《苏武牧羊》的调子，唱抗美援朝的战士保家卫国的壮举。据《克什克腾旗志》记载，村里有人参加了志愿军入朝作战，其中有一人担任机枪手，牺牲在朝鲜战场上。村民们为这家人挂起烈属的牌匾，全村人陷入巨大的悲痛之中。在缅怀这位小伙子的时候，七先生会弹起琴，唱起悲壮的歌，全村人听之哭之，仿佛这位战士的灵魂又跨过鸭绿江大桥，跨过山河回到了故乡的上空。勇士远去，但村里会继续送最健壮的小伙去参军。

七先生像一株纤弱的麦苗，但他的影响力是巨大的。当年我的大爷在邻村炒米房交上小米算作学费，随后却被狗咬伤，父亲就替自己的哥哥念了十二天的书。父亲喝起酒来会说：

“对酒当歌，人生几何。譬如朝露，去日苦多……”我问他只读了十二天的书，是如何接触到曹操的《短歌行》的，他说是年轻时听七先生吟唱，不经意间记下来的。父亲识字不多，却能背诵一些经典，这都是受七先生影响的结果。

中国是诗的国度。古人对诗不仅读，而且吟唱，而七先生的抚琴吟唱又是跟谁学的呢？具体不详，只听说他念过三五个月的私塾。

据父亲回忆，玉泉隆成立公社食堂时，七先生是会计。那时小米干饭要按份分，但一大盆米汤可以随便喝，队长一说收工，社员就疯狂地从田间向村里跑，不为别的，就为了抢到一碗米汤。七先生的会计室紧挨着食堂，看到村头有了人群的影子，留在食堂做饭的社员说：“七叔，快先舀碗米汤吧，一会儿又没有了。”七先生摇摇头说：“不舀。”

再饥饿的日子，七先生也不参与抢食，但各家有特别好吃的东西都会送给七先生，比如双黄蛋、树尖上的水果或用荞面做成的散装的稀罕食品。

七先生日渐老了，如何把七先生的艺道传下来呢？七先生的屋里变得热闹起来，有人去学书法，有人去学珠算，有人去学弹琴。慢慢地，只因一位七先生，这村里便更像是一间传统文化的传习所，但回过头来看，向往者多，而真正学成者少。夏日里，七先生坐在村口的柳树下，像一尊雕像。夏风习习，一两片柳叶有时会飘落在这尊雕像身上，成为玉泉隆村口的一道风景。七先生坐在那里，每天都在观察着来来往往的村里人，曾有一名小学生从地里帮父母背草回来，一过河远远地就被七先生瞄住了。等这孩子来到跟前，七先生说“改天你拿几张白纸来，我给你写点东西”。看来七先生是要向这名学生传授些什么，但这名学生一直没有找到纸，后来也没有再去找七先生，这成为这名学生终生的遗憾。

岁月让这尊雕像日渐衰老，没有什么能够阻止。七先生是在睡眠中离世的。他离世的前一天只想吃一瓶鸭梨罐头。他的孙女去四公里外的供销社买，他也吃到嘴里了。七先生的多数艺道都带到坟里去了，据说，孙女多多少少得了一些他的真传。

失去了，才知道其可贵。七先生不但会算盘，毛笔字也写得特别好，当年全村的春联都由他写，腊月里红纸堆在炕上像一座小山，但现在再寻找七先生写的春联却是一副也找不到了。七先生给各家常写的春联有：天增岁月人增寿；春满乾坤福满门。小学学校的门上会写：文章西汉两司马；经济南阳一卧龙。粮仓处会写：山山花果山；川川米粮川。春节时望着顶梁上的阴阳鱼，再与七先生为整个院子所写的春联联系起来读，会更有诗意。

对，在我的记忆里，七先生自己所住的屋里，古琴之上的墙上竟还题了“天下”两个字，字体是那么的苍劲有力。我原以为故乡在文化上是荒凉的，现在看来，其文化的根竟存留在这块后土之下，如同苦菜花在初春时的根，稍微拨开土就能看见，却在料峭春寒中依然拥有勃勃生机。

我再次回到故乡，砖房代替了土房，有的家里用床代替了火炕，故乡的人们有了沙发、冰箱、洗衣机、拖拉机，但唯独没有了七先生的琴声。七先生那把古琴不知传给了谁，该不是被文物贩子收走了吧？

由于我的留意，童年里我曾在高高的大墙之东、大墙之西、大墙之北、大墙之南聆听过七先生深沉的琴声。七先生的人生因琴声而实现了超越。在高高的墙下，能够听到七先生的琴声，这份塞上荒村的优雅，当不可失。

重振乡村，不仅是建新房子、买新车子，还要给藏在不知什么地方的古琴拂去灰尘，让它重新发出悦耳的声音。在我看来，只有有了七先生的琴声，故乡才是完整的。

归去来兮，七先生的琴声！

继父

从村上的老表亲论，我管云坤叫大哥。云坤大哥四十岁了还没有说上亲。代家窝铺姓宋的一家人，丈夫去世，落下一个母亲带着两儿两女过日子。

云坤大哥家里穷，他帮三个弟弟成了家，却把自己剩下了。总不能一辈子打光棍呀，于是媒人去代家窝铺提亲了。代家窝铺的这个女人愿意再走一步，但宋家唯一的条件是一定要把四个孩子中最漂亮的小芙蓉留下。小芙蓉皮肤白，眼睛大，特别招人喜爱，大人们见了她都禁不住要轻轻摸摸她雪花膏一样的脸蛋子。

云坤大哥再三央求，宋家就是不同意让他把小芙蓉带走，宋家说要留这孩子长大了，给爷爷奶奶打支应。

云坤大哥娶回了大嫂子，终于有人给他做饭了。三个孩子视云坤大哥如亲爹，也跟了他的姓。

一晃两年过去了。这天云坤大哥从田里回来，累了一整天刚要睡，却发觉大嫂子辗转反侧、暗暗泣泪，泪水把枕头都打湿了。问她怎么回事，大嫂子说，眼看这三个孩子来到玉泉隆吃上蔬菜，个头都长高了，人也水灵了。但是她白天听一个过路的亲戚说小芙蓉在代家窝铺老是生病，很是惦念。于是云坤大哥也睡不着了。他怎么能忘记，两年前他和大嫂子领着其他三个孩子出门的时候，小芙蓉双手扒住门框那可怜的眼神。爷爷奶奶说“妈妈过几天就回来了”，实际上那是在欺骗孩子。

可怜的小芙蓉啊，你什么时候能回到母亲的身边呢?

“小白菜呀，地里黄呀，三两岁呀，没了娘呀……”这是云坤大哥最听不得的一首民歌，一听这歌就想到小芙蓉。云坤大哥几次托人说和，想把小芙蓉接来让她见见她娘就送回去，都被小芙蓉的爷爷拒绝了。

日子就这样过着，有一年一个夏天的早晨，云坤大哥背着一个口袋，领着他的弟弟出门了。别人问他干什么，他说去搞点副业。实际上他们是去代家窝铺执行一个密谋已久的神秘任务——偷回小芙蓉。虽然这任务听起来有些冒险，但这也是让母子团聚不得已才用的办法了。但他能偷回小芙蓉吗？老宋家可是一个大家族，好多青壮劳力，一旦被他们发现了，云坤大哥不但偷不回孩子来，自己没准还会遭到围攻和暴打。再说这宋家又位于代家窝铺村子的中央，云坤大哥的行动无异于虎口拔牙。

代家窝铺的人勤劳，此时的庄稼长得正旺，青纱帐郁郁葱葱，正是适合潜伏的好季节，这也是云坤大哥选择此时行动的原因吧。云坤大哥和弟弟都穿着绿衣服，头上戴着用树叶编成的帽子作伪装，倒真像两位侦察兵。

云坤大哥兄弟俩站在山尖上远远地侦察。绿树掩映的宋家大院就像一幅微缩画，院子里的狗很机警，一有陌生人就咬，在进进出出中，能看到小芙蓉穿着一件花袄蹦蹦跳跳地玩耍。云坤大哥与嫂子成家后，小芙蓉的爷爷奶奶也很警惕，让小芙蓉一刻也不离左右，连与村里小伙伴玩一下都不让，生怕被偷走。云坤大哥兄弟俩昼伏夜出，在玉米地里埋伏了好几天，到最后，从家里带的干粮都吃完了，只能挑成熟的玉米穗剥点充饥。看来再不动手不行了，但宋家总是进进出出地来亲戚。云坤大哥和弟弟天天观察，好不容易等到小芙蓉的爷爷出去走亲戚的一天夜里，看着整个村子一家一家的灯火都熄灭了，村人睡熟了，云坤大哥的弟弟悄悄地靠近宋家大院的墙，使出了调虎离山之计。他往院子里扔了一块肉，狗就闷声到墙边吃肉去了，再往远扔一块，狗就跑得更远了。说时迟那时快，云坤大哥从另一面墙翻身而过，像游击队员一样，从早已观察好的敞开的窗户跳进去，眨眼间把睡熟的小芙蓉像掮枕头一样给掮走了。听到响动，狗扑上来，云坤大哥的弟弟截住狗，掩护大哥翻墙而出。小芙蓉的奶奶以为是来了小偷，急忙起来打小偷，而此时云坤大哥的弟弟也已翻墙遁去。等小芙蓉的奶奶回到炕上发现小芙蓉丢了，号啕大哭，叫喊左邻右舍的本家起来找时，云坤大哥兄弟俩早已穿过青纱帐跑得无影无踪了。由于云坤大哥背部厚实平阔，小芙蓉还以为睡在炕上呢，走出一里地她还睡着呢。

走了一夜，全身是汗，但云坤大哥说那是他一生中最幸福的一夜，连弟弟要替换他背一下孩子让他歇歇，他都不肯。天亮时，到了玉泉隆，小芙蓉一睁眼，眼前是母亲。她揉了揉眼，才发现这不是梦，是真的。母女相抱先是哭，后是笑。云坤大哥坐在炕上吃着面条，看着这一切，感到无比欣慰。听说英雄归来，玉泉隆人都来围观，院里院外站满了人，都夸小芙蓉长得漂亮，见了云坤大哥都竖起大拇指，说没想到云坤大哥老实巴交的，居然如此勇敢。村里人说云坤大哥是“奇袭”代家窝铺取得大捷，小芙蓉是在“战斗”中抢回来的孩子。似乎是为了满足传话人的想象力，村里越传越神，甚至有人说云坤大哥想孩子想得练了一年的武功，会飞檐走壁了。行动时先躲在树上，夜里从树上下来，到房顶上潜伏，最后是从房顶飞身而入。被人发现后，自己一边背着孩子一边打退村上追赶的一群人，最终胜利归来。

此后云坤大哥学了宋家的经验，也在家里养了一条大狗，专门看家，以防宋家再把孩子抢回去。四个孩子在院里玩耍，这在云坤大哥看来是人生最美的风景，心里就像干得裂缝的旱田灌进去泉水一样甜润。后来宋家派年轻人专门寻来，知道是云坤大哥把孩子偷走了，很无奈。但确认小芙蓉找到了妈，身体越来越好了，皮肤更白了，宋家人也就放心了。云坤大哥对小芙蓉是特别好，举在头上怕吓着，含在嘴里怕化了。

云坤大哥的家里，孩子由三个变成四个，日子就更加紧张了，米柜、面柜几个月就见底了。云坤大哥努力劳作，以便多挣点工分，勉强顾住温饱。但长期吃不上肉，没有营养，小芙蓉的脸色变得不像之前那样白里透红了。正当云坤大哥朝思暮想如何给孩子们改善一下伙食的时候，一个机会出现了。

过中秋，生产队要杀一头老牛。当地有一种说法，杀耕牛会折阳寿，因而没有人敢杀。怎么办？生产队研究后决定推出物质奖励，谁杀了牛就把牛头赏给谁。云坤大哥动心了。他想着四个孩子大半年没见油水了，就报了名。但当他拿着闪闪发光的钐刀来到牛跟前时，老牛跪下了，望着他掉眼泪，每一滴眼泪都好像在说话：我给村里耕地，养活了这么多人，为什么恩将仇报，不感恩，还来杀我？这牛是草原红牛，云坤大哥去锡盟拉大青盐，这头牛是立过功的。云坤大哥犹豫了，他来来回回地踱步，他平时是个看见庄户人用棍打牛都会落泪的人，如今却来杀牛，这对他真是一个情感上的挑战。他在想，我这啥命呀，一辈子第一次杀牛，还遇到一头会下跪掉眼泪的。当看到牛明显老了，牙都掉了时，再想想全村人的期待，尤其是家里那四个孩子，他想：牛啊，你饶了我吧，我也是为了孩子。下辈子我当牛，你当人，你来杀我吧。云坤大哥下了跪，给牛烧了香，自己喝了口酒，借着酒劲最终还是把牛杀了。泪水、血水混杂着，沾染了云坤大哥的衣袖。嫂子带四个孩子喝牛头汤的时候，云坤大哥自己下地去拉庄稼了。

小芙蓉长大了，更加出落得像芙蓉树一样，成为一个乡土奇女子。男大当婚，女大当嫁。到了谈婚论嫁的年龄，因为小芙蓉长得漂亮，人也善良，提亲的人不断线。云坤大哥本想让小芙蓉找个近的婆家，但小芙蓉偏偏相中个远的，在五十公里之外。云坤大哥既喜且忧，喜的是孩子要成家了，忧的是这今后一年才能见几次面呀。在几个孩子中，云坤大哥他对小芙蓉不能算偏心，但毕竟是当年冒着生命危险抢来的，她的出嫁令他格外揪心。

云坤大哥特别会种大豆，这一年他把自留地里种的大豆服侍得特别用心。因为小芙蓉找了婆家，他要热热闹闹给孩子办婚事。正当此时，又一个岔子出现了：听说小芙蓉要结婚，代家窝铺的爷爷奶奶七十多岁了，也想参加孙女的婚礼，说让族里的年轻人代表一下都不行，非得亲自来。信儿传到云坤大哥这边，家族人议论纷纷，都怕当年抢孩子的事成为婚礼当天的热点话题。云坤大哥思来想去，也是急得一脑门儿的汗，最后他一拍大腿："人家当一回爷爷奶奶也不容易，人活一辈子，就是熬个场合，咱们不但要欢迎，干脆还大大方方把他们接来算了。”于是派人用高头大马套的马车把两位老人接来了。两位老人坐在炕头上，看着小芙蓉出落得如此美丽，也是心花怒放。奶奶还带来了年轻时绣的一对花枕头给小芙蓉当嫁妆。

天公作美，这年云坤大哥的大豆获得好收成。婚事这天，云坤大哥新磨了豆腐，杀了猪，把全村的人都请来吃饭，欢送小芙蓉出嫁。娶亲的人要离开了，小芙蓉一迈出门槛，云坤大哥的眼泪就落下来了，还是无声的泪水。云坤大哥的眼泪与别人不一样，泪水不是沿着脸颊流淌，而是一粒一粒像雨滴那样从眼窝溢出，凌于空中，最后直接掉在泥土里，把土壤击出一个个小坑来。最后云坤大哥叮嘱小芙蓉：“爸不图你们小两口大富大贵，平平安安地白头到老就好。”

马车载着小芙蓉走远了，云坤大哥独自攀到了山梁上。他目送着马车远去的影子，又想起自己当年夜里掮小芙蓉回家，走的也是这条道路，不同的是那次是归家，这次是孩子出嫁。云坤大哥用双袖掩面，终于痛痛快快地哭了一场。送走了小芙蓉，善良的云坤大哥又把小芙蓉的爷爷奶奶留下来住了几天，直到把好吃的东西吃得差不多了，才用套上高头大马的马车把两位老人送回去。两位老人乐得合不拢嘴，说早知这样，当年结亲时就应当痛痛快快把小芙蓉给他们带过来。从此，这老亲戚又开始走动上了。

改革开放后，日子好过些。云坤大哥的小儿子到呼和浩特去打工了，成家后把云坤大哥、大嫂子接到了身边。云坤大哥的儿子有了一儿一女，云坤大哥当了爷爷，更加高兴了。他给一家单位看门，平时还捡一些废品卖钱。当年我在呼市读书，有一天坐班车来到位于呼市南郊的云坤大哥家。云坤大哥明显见老了，黑胡子像庄稼一样长在他的脸上，但他的眼睛还像玉泉隆的后水泉子一样纯净清洁。他与我一见面就聊起村里的往事，眼角再次噙着泪水，依然是无声的泪水。而这泪水，你当时如果没有抬头，就不会发现。

“这是儿子给我买的羽绒服，这是小芙蓉给我买的手表。”云坤大哥把我拽到里屋，给我一通显摆。他说：“我一个杀过牛的人能活成这样，大哥这辈子知足了。”我这才突然想起，云坤大哥在我的记忆里是没有穿过一件没有补丁的衣服的。

云坤大哥到了晚年，四个孩子都抢着给他养老，他确实享福了，全村人都忘记了他是孩子的继父。

等班车

凌晨四点，小脚的大娘悄悄地在东屋先下炕了。是不是因为脚小与地面的接触面积小，声音就格外小呢？反正是一点声音都没有。开门抱柴草，一切在夜色中进行，草没有绊倒大娘，大娘也没有抱错一根草。等大爷起来在厨房划亮一根火柴点亮了罩子灯，我看到大娘开始在房子中间洗脸，一遍又一遍地洗手，似乎要把每条纹路都擦一遍，以洗去刚才抱柴草所沾上的土。在她擦脸的时候，我看到在白发的下面，大娘脸上的皮肤已老化得像红枣皮，但洗过之后，眼睛和皮肤瞬间明亮起来，如院里的星光。只要大爷起来，我们就能醒来，因为有鼻炎的大爷起来之后，会有节奏地擤通鼻腔，不断发出声响。

我和父亲睡在炕头，大爷大娘睡在炕尾。我是争着要睡到炕尾的，但是大爷大娘说什么也不让，说是炕头热乎。热乎是热乎了，我脚趾不小心触到炕席还会感到烫。有一盆面在炕头上发着，我要小心，不要踢翻它。关键还有一只花猫总是钻进我的被窝分享炕头的热度，我把它挪出去，它像一条绸绢带子一样又溜进来。它是如何找到缝隙的呢？难道它是用利爪掀开被子的吗？说到被子，大娘家的被子是红缎面白布里子，虽然已经旧了，但一盖就能感受到其浆洗得很洁净。给我枕的枕头是长条形的，枕头的两头是人工绣上的花儿，一边是喜鹊登梅，一边是鸳鸯戏荷。

我躺在炕头上，闻着被子的味道怎么也睡不着。我在想，我只是一名要到县城一中去读书的中学生，并没有什么功名，大爷大娘为什么如此厚待我呢？后来我才知道，大爷大娘并不仅仅对我这样，对从玉泉隆来坐班车的人，他们的接待都是这样的标配：睡热炕头，凌晨四点吃饺子，然后套毛驴车送。在玉泉隆人看来，段营子大爷大娘是一个组合式专有名词，代表着火苗一样的亲情、拿心对人还怕不够的赤诚和老两口多年招待亲戚全家总动员的热烈氛围。

大爷大娘家就在段营子的当街上，是玉泉隆人去公社的必经之地。大爷农闲时就双手插着袖筒倚在墙头晒太阳，看到玉泉隆人路过，只要接近饭点了，就拽进院里一定让吃过饭再走。如果谁着急回家，怕大爷大娘半路留吃饭，就得从河边的沟下躲着走，但如果不小心又让遛弯儿的大爷发现了，不但得进院吃饭，而且得挨批评、罚酒。至于送站更不用说，段营子离班车的停靠点近，玉泉隆我们这一辈，谁没有在段营子大爷家住下来等班车的记忆呢？

段营子大爷叫段锐锋，大娘的名字不记得了。大爷是我父亲的亲表兄弟，大爷小时候经常住在玉泉隆，住在我姥姥家对他来说是最幸福的事。大爷虽姓段，但也是半个张家人。大爷住在玉泉隆的时候，我爷爷当先生，日子还算好过。大爷经常说："玉泉隆的日子，那可讲究了。"

当地人讲：坟上有骨，辈辈有亲。问大爷为什么对玉泉隆人这么好，大爷说："直到现在，我都觉得我的老妈还在天上看着呢，我对玉泉隆人不好我妈都不让。"是的，把逝去的人与今天活着的人紧密联系起来看，甚至将逝去人的重托看得更重，这就是大爷的特质。我在想，大爷儿时在玉泉隆受到过怎样的温暖才有这样的情怀？而现在这一切都不知道该去采访谁了。

话再说回来，我要从炕头上穿衣起来，大爷非让我再睡一会儿，说班车七点才来呢。我还是起来了。我从炕头上起来，大娘就可以大声说话了，大娘说话的声音像燕子啁啾一样悦耳好听。大娘在包饺子。她本可以前一天包好饺子冻起来，但是大娘说冻饺子发脆，不如现包的好吃。于是大娘就在头一天晚上剁好馅儿放到盆里，早晨起来给酸菜馅儿拌上油知了。荞面和白面各包一盖帘，煮好了端上来，想吃荞面的吃荞面，想吃白面的吃白面。大娘在包饺子，大娘家的哥哥和姐姐从别的屋里也出来擀饺子皮、拉风箱。大爷是不用上手的，最多捣捣蒜、温温酒，时不时到外面去给毛驴添点草。当剩下最后几个饺子皮时由别人去包，大娘就开始动手做菜了。先把切成薄片的灌肠、黄白相间的黄豆杏瓣、纹理诱人的酱猪肘片、闪闪发光的猪皮冻这四碟凉菜摆在红漆炕桌的四角，一瓦盆炸辣椒垫着抹布捧上来放到正中间，随后热腾腾的饺子一碗一碗被端上来，赶班车人的早餐就做成了。

等我吃完饭，大爷已经套好了毛驴车。毛驴车上放着一件超大的皮袄，怕是好几张羊皮缝在一起的，给我在车上焐脚。

等我们把所有的行李装上车，大爷赶着毛驴车，我和父亲坐在毛驴车上，就向等班车的地方进发了。这时的村子仍然是漆黑如墨，回望大爷家的如豆灯火，逐渐变小变远。几声犬吠传来，算是对寒风的抗议。

班车是从公社发过来的，在上盘山道之前的拐角有几块青石头，人们约定俗成就在这儿等车。我们占住了几块青石头，以便蹲下身歇一歇。天渐渐地亮了，但是还是很冷，帽檐与眉毛上全是霜。偏偏又起风了，凹处的雪被风旋起来，打在人的脸上如刀割般疼。同样等班车的人拾柴点起了火，一帮人过来烤脚。但是火一会儿就熄了，失去火的希望，人觉得更冷了。来晚了怕班车过去，来早了又得挨冻，这就是那个年代等车的尴尬。

大爷把驴拴在一棵小树上，然后就过来陪我们说话。我们劝他回去吧，他说他回去也没事儿，大正月的。“车如果不来，正好把你们拉回去待一天。不是这机会，你们还不来串门呢。”大爷和父亲开始聊他们小时候的事儿，他们聊得特别开心，完全忘记了这是在野外，仿佛他们扭头就能回到过去的时光一样。我穿着那件大皮袄坐在青石上，但一会儿还是被冻透了，被父亲叫着赶紧起来在地上跑几圈，别把脚冻坏了。

天亮了，人们开始盯着东山上的小路，看是否有班车开过来。听到马达声，人们向路边聚集，生怕挤不上去车，但车开过来，大家一看是一辆拉货的解放车，又都散开了。

太阳出来了，阳光像罩衣一样给冰冷的大地罩上了一层橘色的暖意，人们都在心里默念：班车啊，你快些来吧。最终一个骑马的人过来捎信了，说班车坏了正在修，估计修好得明天了。

我像霜打的茄子一样蔫下来，大爷却显出高兴的神情，说：“这叫人不留人天留人，咱回去暖和暖和吧，这天太冷。班车坏更是常事，上次你大姐等了三天才坐上的。那班车是喝柴油的，不像咱这驴车听使唤。别急，急也没用。”

大娘与大爷太默契了，知道这么晚没有回来，估计没坐上班车，早早把一个火盆生旺、一壶砖茶沏好了，一进门就给我脱下鞋来烤脚、烤鞋垫，全屋里都是毛毡被烤的味道。

段营子还有好几家亲戚，在大爷家吃过午饭，父亲领着我这家问个好那家串个门，一整天下来时间还排得很紧张。

第二天凌晨四点，当大爷准时划亮火柴，我再次看到大娘在洗脸，红枣皮样的脸让我想到京剧中的沙奶奶。当我刚把冰凉的棉衣穿在身上时，大爷已把火盆端到了我的跟前，大娘又开始拌馅儿了，又一顿赶班车人的饺子宴开做了。

一般长地头

我的表叔有好几位，但我从小对段营子大爷印象最为深刻，因为每遇到红白喜事，段营子大爷就帮着带孩子。一群小孩子围着他，就像一群小鸡出门围着一只大公鸡，边走边移动，但队形不变，叽叽喳喳的声音不变。

这一天，我还在被窝里，就被妈妈叫醒了："咱家做黏糕饼子，快去你二娘家叫你大爷来吃饭。"

我以为这位大爷就是段营子大爷，高高兴兴地去了。去了二娘家才发现，是另外一位大爷。我当时都有些不想叫了。

就这会儿，门口还排着几个小孩，也是来叫这位大爷吃饭的。

这激发了我的热情，我抓住大爷的手不放，另一只手抱住大爷的大腿，一个小人就把高大的大爷给绑来了。这位大爷看上去不像段营子大爷那么帅气，但吃上饭，喝上酒，说上话，也是可爱。

桌上的饭闻着很香，但我是不会上桌吃饭的，如一只猫一样围着屋子转。大爷把我揽在怀里，从裤兜里掏出一个青苹果来。我之前只吃过沙果，这是平生第一次吃到苹果。

那天，妈妈把柜子里所有的鸡蛋都拿出来，连鸡窝里的鸡蛋也掏出来炒了，母亲经常说："平时日子可以苦点儿，但对实在亲戚，咱招待人家得够亲戚滋味！"

等大爷吃完饭，送大爷出门之后，母亲告诉我："这同样是你亲表大爷，当年给咱们送过一车柴的。这与你的段营子大爷一般长地头，他们的母亲都是你爸的姑姑。"

从此，我打从心里感到自己人生中有好几位段营子大爷，平添了几许幸福。但我最终没有记住这位表大爷的名字，只记住了母亲的"一般长地头"这种用土地长短比喻亲戚远近的说法。

还烟袋

二十世纪八十年代的一天，三大爷捎信儿让他家的三儿子下了班早点回家一趟。三儿子中专毕业，在旗里的一家单位上班，我们叫他三哥。三哥下了班，心里想着能有什么事呢？骑着自行车，急急忙忙地往河西的家里赶。

三大爷住的是平房，家里长年放着一张圆桌，在桌上喝茶，也喝酒，喝酒的时间多于喝茶的时间。

三哥进门坐下来，给三大爷倒上一杯砖茶，就问："爸，你找我啥事呀，这么着急？不是老乡又有什么事吧？"

三大爷说："有事不也应该吗？亲顾亲顾，能顾就得顾。"

三哥满脸堆笑："爸，那边有个应酬等着我。到底有啥重要的事呢？"

三大爷说："应酬重要，还是爸重要？"

三哥说："那当然爸重要了。"

三大爷说："这还差不多。行，是这样的，今天你老爷爷从粮站来信儿了，说你拿走了他的烟袋，让你还他的烟袋。"

“什么，烟袋？”三哥一听愣住了。三哥说：“哪有的事？我最近都没有见到我老爷爷，怎么拿他的烟袋了？”

三大爷说：“要不咋着急把你叫回来呢，我也纳闷儿。”

三哥说：“不会是捎信儿的人捎岔了吧，或者听岔了音。”

三大爷说：“不会的，老何是老大夫了，做手术做了多少台了，捎个信儿能捎错吗？你老爷爷那不是一般的人，要我看这里面肯定有事儿。”

三哥一听这事还真是蹊跷，一时半会儿也走不了，就彻底坐在桌旁，边品茶边琢磨这到底是怎么回事。

怎么想也想不出来，又点了根烟接着想。他心里想，我这个局里的秘书什么材料没写过，什么事没处理过，还从没有遇到过这样无中生有的事。

三大爷也拍着脑门想。

三大爷提示说：“你想想，你最近去粮站了吗？”

三哥说：“没去。”

三大爷说：“再想想。”

三哥说：“最近倒是路过了一次粮站。”

三大爷说：“详细讲讲，爸帮你分析一下。”

三哥说：“那天我坐局里的车去送局领导，路过粮站，但没有看到老爷爷。”

三大爷说：“那可怪了，那你老爷爷怎么明明确确地说让你还他的烟袋？你再想想，你路过粮站的事是不是有人告诉了你老爷爷。”

一提醒，三哥想起来了，一拍脑门，站起来说：“嗯，也许还真是我老爷爷听说我路过家门而不入生气了。事情是这样，我那天送完局长后乘着局里的吉普车往经棚镇赶，到粮站附近看到我二大爷了，二大爷从小不是腿不好嘛，我想顺路就用吉普车把他捎上了。我二大爷从没坐过吉普车，从副驾驶的座位爬到后座去，踩过牛粪的脚差点把司机给踩着，司机是满脸的不高兴。就这样，我把我二大爷送回家里，没想到我二大爷这个兴奋呀，到处说他是村里这辈人中第一个坐上吉普车的人。不显摆没事儿，估计一显摆，我老爷爷给听说了。”

三大爷说：“听你这么一说我明白了，肯定是你老爷爷生气了。你想想，你老爷爷是年轻些，但辈分在那里，咱老张家梁上梁下爷爷辈的就剩他了，谁都得让着点，你怎能顾大爷不顾爷爷呢？这就是你的不对了。再说你不坐吉普车还好，坐着吉普车越发得进院认爷爷了。”

三哥说：“实际上当天确实有公务在身，但我也不好这样解释呀。是我不对，那你安排吧，看怎么补救。”

第二天，三大爷给老爷爷捎信儿说：“老三是拿了你的烟袋，请你来镇上开粮食工作会议的时候留一天，老三要当面请你吃饭，当面送还烟袋。”

按照三大爷的叮嘱，三哥这天中午在经棚镇最好的经棚饭店备下了一桌宴席，点了华子鱼、锅包肉这些当地名菜，还专门备了两瓶景峰白酒。这天他早早地在饭店里等，精心筹备，大有负荆请罪的意思。

老爷爷当过兵，转业后被安排到公社粮站工作，是吃粮本的人，女儿远嫁了，他视所有的张家人为自己的家人。三大爷是医生，也是吃粮本的人，有机会就陪老爷爷读读《三国演义》，聊聊典故，偶尔也为他把把脉，检查检查身体状况。有一年，老爷爷得了重病，咳得吐血，有人说老爷爷没有几年活头了。三大爷作为公社医生，被公派陪着他老人家到北京看病。爷俩到北京一转悠，一开心，回来啥病都没有了。多年叔侄成兄弟，老爷爷与三大爷爱逗乐，估计这烟袋的闹剧就是老爷爷用逗乐的方式想出来的。

果然，这天在经棚饭店，老爷爷和三大爷一见面就笑得前仰后合，好像是他们没有剧本而合演的一部戏演成功了。这中间的默契是再上一辈人给的，是悠长的岁月教的，是代代相传的家风酿的。三哥向老爷爷道歉，老爷爷紧紧地握着三哥的手，端详着三哥年轻的脸："我估计你就得给老爷爷还烟袋来。那天听说你路过粮站了，没有进院，把我气得一宿都没睡觉。我在想这孩子现在就不认亲了，那将来还说不定咋样呢！我当时恨不得连夜到公社打电话给你爸告状去，我郁闷得一袋一袋地抽烟。你还别说，这一抽烟我就有了主意，第二天就让何大夫给你爸捎信儿说你拿走了我的烟袋。烟袋杆是通气用的，我就要看看你们爷俩还能不能通这个气。”

宴席从中午延续到下午，席间三哥自罚了两杯酒，对没有进院看老爷爷这件事再次表达歉意。三大爷也当着老爷爷的面自罚了两杯酒，忏悔自己对儿子提醒不够。这爷俩接下来多次站起来为老爷爷满上酒，自己在旁边陪着喝，不知不觉，把两瓶景峰白酒喝了个底朝天。三大爷和三哥把老爷爷送回宾馆，看着他老人家微醺着心满意足地躺在席梦思床上，三大爷和三哥感到欣慰。一出宾馆，三哥说：“哈哈，爸爸，我终于把我老爷爷这个烟袋给还上了。”三大爷说：“什么还烟袋？你老爷爷就是想咱爷俩了，找借口。”

后来三哥无论多忙，路过粮站都会进去看一眼老爷爷和老奶奶。老爷爷和三大爷这些长辈人就是这样，他们用独特的方式，谆谆教导着晚辈，维系着整个家族浓浓的亲情。

三只大绵羊

玉泉隆人笼统说都是农民，而在村里人看来，不是这样的，他们有着各种各样的职业，有理发的、扎手指的、挑霍乱的、上笆泥的、打门窗的、做棺材的、当香头（跳大神）的、看风水的、红白喜事吹喇叭的……四大爷除了是队长外，他也有个行当——说合。

有媒人提了亲是一回事，能不能娶到家里是另一回事。媒人说完亲，如果遇到彩礼上的坎儿，这个难题就专留给四大爷了。

这年二哥定亲了，女方家姓李，二地的。跟李家说好了，人家也相中二哥了，媒人经过了多轮商讨，说只要彩礼给了，结亲的日子就定在腊月初六。女方家的彩礼从缝纫机、挂钟到收音机，一路减下去，最后减到只要一台缝纫机，但是二哥家还是拿不出来。最后问男方家里有啥，媒人说可能有羊，女方家说那就赶三只大绵羊来给赚赚面子，别说我们家孩子不值钱就行了。于是媒人回了玉泉隆。

回到村里媒人才知道，为了置办婚宴上的菜与酒，二大爷刚刚把羊给卖了，只剩两只小羊羔了。媒人急坏了，白跑一趟不说，这羊赶不过去，新娘就不会上迎亲的马车。可这腊月初六办喜事的日子定下了，十里八乡的客有的也通知了，这可怎么办呢？二大爷这个愁呀，坐在炕上一袋烟接一袋烟地抽。

没办法只能请四大爷了，四大爷是村里说合的撒手锏。事不凑巧，没想到前两天四大爷用铡刀给牛铡谷草，不小心踩在了一颗钉子上，把脚扎了，在炕上躺着。

二大爷说："他四叔，你说这咋好？不行改日子，又怕把这婚事给改黄了。"

四大爷见不得人求他，再说还是自己的本家侄子结婚。"不行套上毛驴车，我坐毛驴车去说合下。"

这时四娘说话了："去二地要翻三道大梁，这数九寒天的，一旦把你的脚冻坏了，咱们这一大家子的人，还过不过呀？"

四大爷说："那为了孩子一辈子的事我也得去呀。"

四娘气得不理四大爷，拿一把笤帚到厨房垫在锅台沿上，坐着去了。

村里人出门都要看日子，派人去找了风水先生，风水先生说四大爷不好走路，要亲自上门给算算。

风水先生来到四大爷家，当着大家的面给四大爷选了日子。等屋里人都散去，就悄悄地附在四大爷的耳边劝四大爷："他四叔，按说你们是自家人，我不该说这多余话。我看你这次去有些悬，与别人家不一样，那老李先生也是个人物，是不好惹的一根筋。再说人家把姑娘养那么大，就要三只大绵羊也不过分呀，你别辛苦一圈到头来给卷回来。”

“卷回来”这个“卷”字是赤峰方言，根据当地的风俗，事办不成不怕，但人活一张脸面，卷了面子那是大事。就跟屋里的热气好不容易穿过棉门帘子走出去，却被寒风迎头卷回来一样。

四大爷不怕吃苦，也不怕受冻，但想到真要给卷回来，还真有些犯嘀咕。他也是走口里吃白面、走口外吃炒米的人，这要真给卷回来了，怎么进这个村子呢？这个队长还当不当呢？谁还信服他？去还是不去，这是个问题。

四大爷纠结得半宿没睡着，但早晨从窗户上看着二哥在请人给自家糊屋子收拾新房，看到侄子的身影，他心软了：新人娶不到炕上，孩子不成了白忙活了嘛。不行，这趟二地之行即使是麦城，我也得走。

按风水先生选的日子，四大爷拄上拐杖，准备好了毡疙瘩（棉鞋）和大皮袄，这天早晨准备与媒人一起出发。不巧的是一拉窗帘，窗外纷纷扬扬的漫天大雪，把门都给封住了。毛驴能撑住劲儿吗？如果撑不住劲儿上不去梁，四大爷又不能下地走，那可麻烦大了。

这时四大爷当队长的豪横劲儿来了，定好了走，就得走。

出发前给毛驴专门喂了几捧那年头人都舍不得吃的黄豆。

四大爷坐着媒人赶的毛驴车，翻三道大梁去二地了。路途上遇到的全是白毛风，吹在人脸上如刀割一般。一路艰辛自不必说，单说好不容易来到二地，一听说玉泉隆来人了，但没有赶着羊，老李先生跟媒人恼了，不让他们进院了，想把毛驴拴树上都不让拴。但再一看车上狐狸皮帽子下的人是老张队长，一看还是拄着拐杖来的，老李先生的态度有所变化，开始招呼他们进院，并迎他们上炕。四大爷说话慢声慢语，却幽默，他一张嘴，人们就爱听。三五句话过后，该吃饭了。老李先生也是懂礼数的人，吃饭时只要家里有的都端上来了。席间，四大爷喝了不少的酒。酒至半酣，实质性问题也躲不开了呀。

四大爷说："你看你把女儿培养得多好！但孩子办喜事也得图个吉利啊，眼瞅着孩子就办事了，你说你让我赶羊，一旦把羊冻死怎么办，多不吉利，咱缓缓这项行不？"

"那不行。我是相中了女婿，可我女儿在村里也是数一数二的，大队书记的儿子想与我攀亲我都没理他，我如果一点彩礼不要，好像我姑娘不值钱似的。"

四大爷说："亲家，我也有丫头，理解你当爹的咋想的。你可以上下打听一下，这玉泉隆我当了这么多年的队长，谁不知道我的人品。你让我把这个坎儿过了，实在不行，三只大绵羊天一暖和就送过来。今儿个我把我的人品押在这儿，你就说你四哥的人品值不值三只大绵羊吧！”

“那当然值。”

四大爷敬了亲家一杯酒，自己先干了，让亲家随便喝。四大爷这时在炕上四处摸他的大皮袄，这炕这么热乎，他摸大皮袄干什么呢？只见他摸索两下，就从大皮袄的兜里抽出两瓶云杉白酒来。“老亲家，我都差点忘了，我与你这人对把子，别说当亲家，交个朋友也应该。说实话，我这两瓶酒是当年办电时候，公社书记送我的，在小米柜里藏了好几年了，我今天给兄弟带来了，算我个人的心意。这可是龙泉酒厂出的货真价实的云杉白酒。”

老李先生也是性情中人，看到这酒深为感动，赶紧叫家人又把这云杉白酒倒壶里在火盆里热上，回到炕上继续喝。终于老李先生让他一直坐在灶坑边烧火的女儿上桌给满酒了。四大爷把所满之酒一饮而尽。你能想到他心里这个乐呀。

老李先生饮后放下酒盅说：“我就听你的了，老四哥。这娘家离婆家隔着七十里地、三道梁，你得保证我老姑娘进你家门不受气。”

四大爷说：“田里的倭瓜长大了面不面我不敢保证，你说这孩子嫁过来不受气，这个我敢保证。”

就这样，说好了婚礼如期进行，四大爷见好就收，借说公社书记还要来玉泉隆检查工作，趁天亮赶紧返回了。

最终没有送大绵羊，这婚也就结了。

二嫂嫁过来后，特别能干，与二哥两个人开着三轮车做买卖，成了万元户。二嫂还生了两个胖小子。

四大爷再见到亲家，就逗他："你啥时在家，我给你送大绵羊去。"亲家羞得抬不起头来："老亲家，你可别这样臊我了，我还得给你送羊感谢你呢，否则这黑石滩上我打灯笼也找不到这么好的女婿。"

就这样，三只大绵羊影儿也没见，却成为玉泉隆人茶余饭后的谈资。如同过五关斩六将，有此案例，四大爷不但没有被卷，作为说合人更是声名大振！当然，媒人也替四大爷保守了一个秘密：那两瓶云杉白酒的事儿就当没有发生过。

荞麦种子

三姑夫戴着一顶毡帽，猫着腰，叼着烟袋，牵着一头小毛驴，从前梁的羊肠小道盘下来，到了玉泉隆的村口。

小毛驴的背上搭着一条口袋，下坡的时候小毛驴的蹄子踢到了一块小石头，这块小石头沿着山坡滚落。一只松鼠顺着河沟跑下，不见了。一只喜鹊跳着，从一棵树到另一棵树。梁底有一眼淌水的泉，浇园的渠水伴着三姑夫的脚步，跳下一坎又一坎，进入一家又一家的院。

三姑夫闷头走着，长长的烟袋锅子快触着地了。三姑夫是种地的老把式，他种什么，人们就跟着种什么。

“三姑夫，您这是稀客，进屋喝碗水吧。”

不知是哪个年代从哪儿论的亲戚，村里多数人都管这位老人叫三姑夫。

“不渴呢。”

“您老人家出动，一定有什么大事呀。”

“没啥大事，我就是来沟底下淘澄（内蒙古赤峰方言，指“淘洗澄清”，有大浪淘沙、披沙拣金之义）点荞麦种子，听说玉泉隆的荞麦种子好啊。谁家的籽好？”

“老王家的好。”

“那我去看看。”

村人领着三姑夫进了老王家的院门。汪汪狗先迎，再是咕咕的鸡鸣声，接着是花坛独静立，然后是花猫哧溜一声腿边蹭，最后是木门的嘎吱声。

三姑夫拴好毛驴，跟着老王头进了谷仓。一会儿他从王家的谷仓里出来了，手捧着荞麦籽，摊在太阳底下察看，似乎要把荞麦籽看出双眼皮来。细细地看完后，三姑夫把荞麦籽还回仓里，扭头牵着毛驴走了。

“我家的没看中，你再看看别人家的。”

又到了老孙家的仓，三姑夫也没有看中。

三姑夫最后跟着老王头来到了张家，敲敲门，院里没有动静。

“张老五该不是在睡觉吧？”

“这么忙的时节，他睡什么觉，进院看看。”

三姑夫在门口的树桩上拴好驴，跟着老王头进院里扒住窗户一看，确实没人。三姑夫很怪，发现院里没人反而高兴了，他透过擦得透亮的玻璃看到屋里的席子上补着牛皮纸，被褥虽是土布做的但摞得很高，红堂柜上的镜子虽然不新但擦得很亮。

“看看这张老五家种不种荞麦。”

三姑夫从粮仓的门缝向里看，门里面有新结的蛛网，三姑夫拿烟袋从门缝把蛛网拨开。他看清楚了，仓里有荞麦种子，堆得上了尖。

“这荞麦种子看上去不错。”

“那我到地里给你叫张老五去。”

“不用了。他在哪块地种地？”

“长大海。你一会儿从梁上走能看见他们一家三口在种地。”

三姑夫在张老五家的院里转了几圈，院里扫得干干净净，没有半根草刺儿。高高的柴火垛都是多年积下的骆驼蒿，一看就是攀到大黑山的掌子洼才能砍到的。从羊圈的大小看，至少有十只羊。园里的洋铁葱已经长出来了，整整齐齐的畦里至少种了四五种菜，有的已冒出绿尖尖，有的还没有出世的动静。

三姑夫看到农具整齐地挂在房檐下，有锄头、竹笆、镐头，都挂到小孩子够不到的高度。他上手摸了摸，锄头的木把儿被磨得锃亮，反射着太阳的光。

“这张老五家一看就是个实在人家，不像有人说的不正干。”

“那当然了，绝对实在。这孩子的老爷爷张钧用一根银针救了多少黑石滩人的命。你想想，作为一名老中医，他能教子无方吗？”

“那是那是。”

“他三姑夫，看你这样子，不像来淘澄籽，倒像是来查档案的。”

“哪有哪有，顺便看看。”

“还有几家有荞麦，去看看吗？”

“不去了，天不早了。”

“吃了饭再走吧。”

“不吃了。”

三姑夫装上烟袋牵着小毛驴上梁，小毛驴似乎是嫌没有喂它，不肯走，三姑夫训它两句，它才老老实实跟着走了。在上梁的过程中，三姑夫的烟袋继续像要触到地一样。走到半梁，三姑夫把驴拴在一块石头上，他坐在石头上一边抽烟，一边仔细地端详着长大海那一家正在耕作的人。那一家三口人的腰弯得很深，那个扶犁的小伙子也很健硕。当三姑夫看清了这一切，才长长地舒了口气，烟圈从他的口中一圈圈地飘向空中，缓缓地散开了。

玉泉隆当街四块石上的老人眼瞅着三姑夫从羊肠小道上了梁，都很纳闷儿，这三姑夫不像是来淘澄荞麦种子的，肯定有别的事儿。

说对了！一个月以后，三姑夫的小女儿和张老五的儿子定亲了。

一对小圆镜子

小山的二姐出嫁了。

大清早，清脆的一声鞭响后，一辆马车把二姐接走了，留给爸妈的是一个空荡荡的用苇子席铺出来的大炕。二姐一走，这炕怎么显得这么大呀。越大，小山的母亲越伤心。

眼泪落得大襟袄全湿了。

忙了两天，母亲正想躺在炕头歇一歇，嘎吱一声门响，没想到大娘这么早就来串门了。

女儿远嫁，母亲伤心，本来大娘是来安慰母亲的，但她意外地在柜子上发现，别人送的小方镜子都作为陪嫁给带走了，单单她送给孩子的那对小圆镜子，没有给孩子带走。

“我专门跑到炒米房买的，二十里山路白跑了。”

“那么多小镜子，谁知道是你的？”母亲说。

“他们外人买的是方镜子，我可专门买的是小圆镜子啊。安琴从小就喜欢粉色，我专门挑的是粉边的，粉边就是比红色边框好看。”

“你之前咋不说呢？”

“我说过的呀。”

……

声音越来越高，吵起来了。

父亲来劝导，说下次二姐回娘家时让她带走，一定要把大娘给的这个念想留下。没想到这下大娘更生气了。

“下次？回门的时候拿，就不是那个意思了。”

呜呜，大娘终于哭出声来了。

“镜子事小，我是她亲大娘，我的小镜子不是一般的呀，你七大姑八大姨的都拿了，为什么不拿我这亲大娘的？我这么大岁数，还能活多少天，这给孩子不管咋说是个纪念呀。”

是啊，小山的二姐从小就跟大娘好。大娘来了在炕上盘腿一坐，二姐就坐大娘腿上，一不怕大娘在旧社会裹过的小脚硌到她，二不怕大娘抽的大烟袋里的烟呛到她。

尽管觉得回门时给美中不足，但最终大娘还是被父母劝得接受了。

二姐回门的那天，大娘一直盯着。直到亲自看着二姐把那对小圆镜子塞进包里带走了，大娘才在火盆边磕了磕大烟袋锅子，开心地笑了。

共祭之地

坟上有骨，辈辈有亲。

话说营子梁头上有一道景观，每到清明，韩家与段家面对一块坟地共同祭祖，两家人商量好了，你八点祭，我九点祭。这到底是怎么回事呢?

原来，韩家与段家的祖先是亲表兄弟，清朝初年，一起挑着担子从山东来到了这黑石滩上。两家老人互相接济、生死相依，有一碗饭，你吃一口我吃一口，在这口外扎了根。两家老人共同开荒建村，各自生儿育女。当儿女们又有了儿女的时候，这老哥俩老了，连路都走不动了，就躺到一个炕上整天回忆，回忆山东老家的那些人那些事。

韩家老人装着烟袋回忆姑姑时，段家老人卷着纸烟回忆舅舅；韩家老人装着烟袋回忆姑夫时，段家老人卷着纸烟回忆舅妈。每次回忆，最终都有一个落脚点，就是共同回忆他们的爷爷奶奶、姥姥姥爷曾给谁偷偷留了好吃的。一人一个鸡爪子，这对表兄弟就能喝一下午的酒。老哥俩喝醉的时候，儿女们问他们有什么想法。他们俩说希望百年后躺在一块坟地里。儿女们照着办了，一位先走了，就找一个风水先生看了，把这位先葬了。没过几年，另一位并排葬了。还在中间栽了一棵榆树作纪念，左边是韩家，右边是段家。

就这样，几代人又过去了。

坟地上的小榆树长成了老榆树，一棵树伸出了两根枝丫。每年春天，榆钱儿结得特别盛，但再淘气的孩子也不敢摘着吃，怕祖先生气。尽管土地、河水等有限的资源难免有争抢的时候，但在一个村里住着，韩家与段家一直保持着良好的关系，用他们的话说：打什么打，争什么争，看看坟地上大榆树的百年枝叶，气就消了。

他们知道，曾经的姑舅亲意味着什么。用当地的话说：姑舅亲姑舅亲，打着骨头连着筋。每年春节祭家堂的时候，韩家与段家会互送一盏麻油灯、一碟点心，算是最具象征意义的纪念。

坟地边是一条小河，小河奔流不息，日月如斯。坟地上的坟头，就像刚出锅的、被不断摆在盖帘上的馒头，从一小片变成了一大片。

生者与逝者，在河的两岸和谐对话。

而人的记忆终究是靠不住的。

一开始，后人还记着树的哪面是韩家哪面是段家，随着岁月的流逝，一代又一代人故去之后，不好办了。这边记着树左面是韩家，那边记着树右面是韩家。清明马上到了，怎么办呢？韩家和段家的当家人只能坐在一起商量，干脆就错开时间祭坟，你家太阳冒红时候祭，我家太阳一竿子高时祭，每年轮换。

就这样，出现了本文开篇时的景象，两个姓氏的表兄弟后人却一起祭祖，一时在黑石滩上传为佳话。人们知道了表亲的重量，虽不同姓却同血。一打听，共用一块坟地，这在黑石滩上很普遍。据说有两位老人一起闯关东，他们两人无亲无故，是拜把子兄弟，其中一位没有成家，打了光棍儿，死后就被埋在另一位有儿女的老人的坟边，后人上坟的时候便把他一同祭了。而像韩家、段家这样的表兄弟，共祭更是没得说。

这说话间，几代又过去了。

表弟来了

太阳才一竿子高，老栓和老伴却在给山坡上的荞麦锄最后一次草。听说家里来客人了，是老吕家的表弟，老栓和老伴掸一掸身上的土，赶紧向家里走。老栓路过自家的地，把最好的玉米掰下来，脱下上衣，把玉米装在两条袖筒里，准备回家给表弟烀玉米吃。表弟来自漫甸，那里不种玉米，所以吃玉米更稀罕。

表弟来干什么呢？一进院看到拴在树下的小毛驴，老栓才知道，表弟来送豌豆荚了。大沟里不种豌豆。豌豆荚烀着吃，是另一个味。姓吕的这位表弟好几年没见了，头发有些白了，说话有些口吃。老栓的老伴下地做饭的工夫，老栓就把兄长们都叫来了，一会儿，炕上就坐满了表哥。有抽烟的，有不抽烟的；有喝砖茶的，有喝白开水的。鸡蛋炒好了，玉米烀好了，小葱拌水萝卜也上来了，如何坐座位却争执不下。个个年龄都比吕家表弟大，但是大家却坚持让吕家表弟坐在靠窗子的正座，说是太爷活着时定下的规矩，那年吕家表弟才两岁就坐在这个位置了。轮着在各家吃饭的时候，饭菜可多可少，但吕家表弟的座位不能变。这样，吕家表弟躲来躲去，最终还是被摁在了炕上靠窗的位置上。老栓把藏在谷仓的粮食酒坛子也搬出来了，路过厨房，老栓的老伴扯扯老栓的袖子，两人就到屋外了。

“这酒不是给儿子定亲留的嘛！”

“这今天老吕家来人了，不亚于儿子定亲。”

“一个说话都说不清楚的人，你们咋恨不得供起来？”

“这你还不知道？大爷爷这支生了好几胎都夭折了，最后就剩下一个姑娘，嫁到了老吕家，好不容易生下这个表弟，从小当宝贝蛋。我老太爷临去世的时候叮嘱，让对老吕家人高看一眼。因为对我们来说，对老吕家人高看一眼，就是对大爷爷这脉高看一眼。”

“现在太爷爷、大爷爷不都过世了嘛！”

“谁说的！我太爷、我大爷爷都蹲在房杌上盯着我们呢！”

“你个死鬼。”

老栓端着酒坛子进屋了，有了酒，气氛一下子就不一样了。男人遇了酒就像鞭炮捻儿遇上了烟头，开锅水遇到了饺子，院里挂在枝上的沙果遇到了阳光打着转儿。

老栓的老伴也进了仓，把最后一块腊肉切了，撒进了豆角锅里。

壮工

在我的记忆里，村里苫房是要请壮工的。

那时用麦秸苫房，苫之前，先要挖一个水坑把成捆的麦秸浸湿，以增加其柔韧性。然后要用杈子将麦秸捆抛到房上去，房上的人再解开麦秸捆，将房顶苫整齐。湿麦秸是沉重的，要抛到房顶的指定位置，这是一个需要体力加技术的活儿。插的时候铁杈要插在麦秸捆的中心位置，抛的时候人要背对房屋举过头向后甩，麦秸捆要从杈子的寒光中滑脱，向指定位置稳而准地飞去。村上最有名的壮工是保银叔叔，他身体壮实，虽然没有像城里人那样进健身房，但走起路来胸肌是自然晃动的。苫房时如果请来了保银叔叔，他一个人向房上抛麦秸，供得上四五个人在房上苫。我们小孩子站在旁边看风景，保银叔叔每抛出一捆麦秸都会赢来喝彩声。我们曾经数过，保银叔叔一口气抛过五十捆麦秸到房顶。后来看小人书《枪挑铁滑车》，说的是南宋勇士枪挑十一辆铁滑车的故事，我当时脑海里浮现的就是保银叔叔抛麦秸捆的样子。

苫房用壮工，分粮食也要用壮工。雨要来了，天要黑了，粮食要尽快分完。那时的生产队没有几个麻袋，只有用麻袋分粮食是最快的。装了粮食的麻袋像是一块巨石，由两个人抬到保银叔叔的背上，这“巨石”就覆盖了保银叔叔的后背。只见保银叔叔迈开碎步从麦场出发了，小孩就飞快地回到家里去开门，女人就着急找钥匙去开仓，大家像迎接英雄一样迎接保银叔叔进家门，因为保银叔叔干活没有歇的习惯，不论多远一定要一口气给背回家去。粮食被倒进仓里，迅速就堆起一座小山来。那种丰收的喜悦难以言表。

夏季，村里人还有一项活儿，就是到山上摘野杏、卖杏核赚钱。一到夕阳西下的时候，漫山遍野都是背青杏回村的人。山路陡峭，只能靠人背。一种是把山杏装进口袋后放到花篓里背，更多的人是把长长的口袋架到肩膀上的。山杏是湿且重的，每一颗山杏都沉重得像一颗子弹，而一口袋山杏则像铁砣一样重，如果掌握不好平衡，人就会跌进沟里。那些背山杏的女人急着回村里做饭、奶孩子、喂猪、照顾老人，本想坐在石头上歇一歇，但她们常常坐下去就站不起来了，需要慢慢地等，等后面过来的人扶她一把，她才能站起来，踉踉跄跄地朝村里走去。夕阳中乡民背着山杏下山的身影，在我看来是一尊尊沉重的雕像，在压垮他们与支撑他们之间，最后胜利的总是支撑。当太阳完全落下山的时候，没有一个人没回到村里，他们就像一支军团，会师于村里。同样，山上的多数野杏没有烂在山野里，最终会变成药材，或者成为美食被端上了城里人的餐桌。

岁月不居，人会变老，壮工们也在老去。头发白了，腰弯了，我常常不能认出他们，但他们的精神从不消逝。

一年冬天，我在玉泉隆村里参加一位老人的葬礼。天寒地冻，挖掘机就在旁边放着，但村里的几位老壮工却坚持用镐来凿墓穴。刨掉一层冻土，还是一层冻土，他们毕竟老了，那老腰怎能支撑这样艰巨的劳作！太阳一点点升高，阴阳先生预定的葬礼时辰快要到了，一位老壮工急了，跳下坑去，举起镐来三两下把更深层的冻土挖开了，葬礼得以按时举行。当城里人问为什么不用挖掘机时，这位老壮工说："老人走了，不举镐头，对不住与老人在一个村待过一回。"

当今社会，现代化机械乃至人工智能技术迅速发展，我想多年后"壮工"这个词也许会消失的，但是甘于负重、讲究忠义的壮工精神应当被记载。我从壮工身上看到了劳作之美，他们负重后被重物所改变的身躯，在我看来就像希腊雕刻家米隆雕塑出的《掷铁饼者》一样美丽。

此时在我的脑海中又浮现出一幅画来。在老家还有一种力气活儿叫刨石包。小河滩的两边本来只有石块，并没有土地，这些土地是一代又一代人整理出来的。有生产队的时代，每到冬天，就要组织青壮劳力刨石包，把大块的石头从滩地里刨出来抬走。壮工们劳作时用的是铁丝做成的筐，他们的脖子上、肩上围着垫肩。垫肩是由多层的劳动布做成的，用缝纫机一圈一圈地在布上游走，做成的厚布沿着脖子和肩膀围住，颇像士兵的铠甲，以减轻重物对肩膀的摩擦。我姐姐曾有这样的垫肩，我向她索要，她说这都多少年的事儿了，找不见了。在我看来，这应该算是家中的文物。

故乡田野里艰难的春天，可以说是壮工们用铁丝筐一筐一筐抬出来的。懂得壮工的人就会懂得珍惜物力、感念天地。如今家乡的土地上跑着收割机，壮工们的劳动强度减轻了。当秋风起时，果实伴着叶片沙沙作响，那当是唱给壮工的不老赞歌。

起早的人

生产队时期给玉泉隆留下一个积肥的肥坑，这个坑很深，大约是怕牲畜掉进去，边上垒有一个高大的坝埂，这坝埂是村里的最高处。在我的记忆里，每天早晨，宝叔把双手插在袖筒里，就在坝埂上晒着太阳来回踱步，仿佛这坝埂就是他的舞台。太阳照耀着树上的鸟儿，也照耀着他的面庞。他的那种自在劲儿，实在是没的说了。

吃过早饭，全村该套车的套车，该牵马的牵马，一派忙碌的景象，宝叔却依然在悠闲地踱步。闲的闲死，忙的忙死，一些村人难免有些气，气宝叔这么没有眼色——大家这样忙，他就不能回屋里坐坐吗？实际上宝叔可不是故意气大家，宝叔就这样。

令人气的还不只这些，出了村到庄稼地里一看，宝叔的豆地、玉米地、高粱地，样样庄稼就像约好了一样，比别人家高出一头。走一块地是这样，再换一块地还是这样，那些庄稼好像会说话一样，在说“谁对我好，我就对谁好，你不服气不行”。谁如果挨着宝叔的地，谁就注定丢面子。有一年暑假里的一个早晨，父亲领我看地去，本来兴高采烈的，但一看宝叔的庄稼比我家高出一截，父亲当时就没啥说的了。是啊，作为一个庄户人，庄稼地就是你的名片。

“爸，怎么宝叔天天不干活儿，庄稼还这么好？”

父亲说：“谁说不干活！人家凶着呢，他五更就起来干活。等你一起炕，人家都干活回来了，捡着粪去，捡着粪回来。”

“哦，是这样呀。厉害。”

原来“锄禾日当午，汗滴禾下土”这句诗对宝叔来说是不存在的，宝叔是黎明的朋友。

最近我在读《瓦尔登湖》，作者梭罗是喜欢清晨的，他用大段的文字赞美清晨。梭罗在书中说：“每一个清晨都是一份快乐的邀请，要我过和大自然一样简朴的，也可以说同样纯洁的生活。我和希腊人一样，是曙光女神奥罗拉的真诚崇拜者。”我想宝叔也是曙光女神的崇拜者，否则他为何能做到如此早起呢？站在坝埂上的他，喜欢村人低着头来问他：“宝叔，你看这豆子何时下种合适？”“宝叔，你说今年是犁深点好还是浅点好？”宝叔会一一给予回答。在冬天没有庄稼活儿的时候，他也会五更起来扫院子、担水，然后依然在全村吃饭的时候，开始站在坝埂上晒太阳了。或许宝叔享受那份生命的清醒，喜欢在清醒中看村里的风物，看到向日葵转动的花冠，看到家人清晰的面庞及婶子做的多样的早饭；喜欢看到第一缕光从漫甸过来，纷披在玉泉隆村头；喜欢看第一只喜鹊飞来报喜的身姿。如果拿一生的时间来算，宝叔的清晨时刻一定是他人的几倍还多。他更多地听到了鸟鸣，尽管他在中午是一定要尽情地午睡的。

昨天我打听了一下，宝叔八十多岁了，还在村上，身体依然健康，依然在早起。宝叔只是一个起得最早的例子，整个村上的人多数是迷恋早起的。在我的记忆里，我搜寻到了多个层次的晨声。

最早就是公鸡的鸣叫，接着是担水人走过的声音，然后是母亲拾柴的声音、父亲扫院子的声音，再然后就是牛羊出圈的声音、人们下地的声音。正是晨声担起了村庄的希望，让艰难的春天如期而至。

我在呼和浩特的时候把父母接到了身边，刚来城里的时候，父亲说："能不能让我免费帮助小区扫院子？"我笑了，我一时没办法向他做出解释。父亲清晨起来清扫院子，这一定是令他上瘾的事情。还有一次一位大爷被我接到呼市旅游，当我五点半起床时，发现床上已经空了，吓得我四处寻找。到六点他老人家推门进家，说他已经把整个满都海公园游了一遍。

说到早起，我还想到多年前在广西玉林凌晨四点起床去赶回京的早班飞机，天刚微微亮，而路上全是推着三轮车赶早市的农民，他们是赶早去卖当地的一种叫八角的香料，那路上滚滚车轮制造出的隆隆声响惊醒大地的景象真是令人感动。我当时想，中国老百姓多数都喜欢五更起从事劳作，中国经济的崛起不能不说与这种习俗有一定的关系。

由于工作的原因，这个夏天无论如何也不能回到草原上去透透气了，今天我也只好赶着五更早起，拿一本书到楼下的亭中坐一坐。空气依然是清凉的，就像从村上吹过来的一样，如此，就当是回了一趟克什克腾吧。这也再次让我念起早起的好处，一过七点，只能眼看着热浪开始席卷这座都市了。

我想此时的宝叔已经在玉泉隆的坝埂上踱步了，他就像是一株爱五更起的向日葵一样。他还是穿着手工纳底的布鞋，但在哲学上他应算是梭罗的朋友，尽管他的身边只有泉水，没有湖泊。但愿他能一直健康，永远纯洁而清静地生活下去。

第三辑

春节记

作物的收获在秋季，
而情感的果实则藏在年中

弱光时代

夜深了，光弱了，我倒想起故乡的春节来了。

周日，在北京的一场艺术嘉年华上，买到一盏蝈笼灯，据说是英国一所设计学院的学生设计的作品，我没有考证。家里的小玩意儿已经很多了，经常被妻子威胁着要扔出去，没想到这一盏蝈笼灯，妻子居然说买得好，我深感意外。下班回家，屋里关了大灯，关了电视，同妻子在这蝈笼灯下说说话，似乎在梦游乡间，领略儿时诗意。

如果把有电灯之后的生活称为强光时代，那么有电灯之前的生活权且称为弱光时代吧。蝈笼灯的灯芯小小的，把竹笼的轮廓映在地上。妻子沉入梦乡，我则丝丝缕缕地想起了那弱光时代的生活。

罩子灯

我首先想到了罩子灯，就是在煤油灯的上面罩一个玻璃做的灯罩。灯初始如豆，灯罩一扣住，屋即映亮，屋顶还会出现一个圆圈圈。灯的下面有一个圆钮，可以控制亮度。母亲说：“早些年，所谓地主家过好日子，不过就是有盏罩子灯。”

泥做的火盆上面有一个放灯的小平台，我家的罩子灯在冬天是常置于这个小平台上的。大娘二娘常来串门，围着火盆聊天，谁家新娶的儿媳如何孝顺，谁家的酸菜做得如何爽口，我常常听得入迷。这就是最原始的民间文学吧。夜深些，大娘二娘离开，母亲就纳鞋底，我则趴在炕上做作业。做完作业，往往是我先睡了，母亲还在那里纳鞋底。罩子灯就像一棵发光的树，母亲靠得近些，纳鞋底时可以看清针脚；孩子们离得远些，睡在阴影里亦不影响睡眠。我偶尔翻身过来，听到麻绳一来一往穿过鞋底的声音，睁开眼看到一层暖暖的光芒包裹着辛劳的母亲。火盆里的火想必已经熄灭，锅里的猪肉炖芥菜秧子飘出香味。为了让孩子们过年穿上新鞋，母亲依然是不肯睡的，我只好向被窝深处缩一缩头，继续睡去。

在农村生活，好多人的奋斗史似乎都有罩子灯的灯影。在中考的时候，我常常学到很晚。一次，罩子灯快没有油了，为了让我多学习一会儿，我二哥把油灯的灯捻儿调小，自己把灯端在手里给我照亮，于是，睡前我又背会了一首古诗。

罩子灯不仅陪伴奋斗，也助力喜庆。记得有一位本家哥哥结婚，办喜事这天才发现没有新灯罩，我和一位叔伯家的弟弟被派去两公里外的代销店买灯罩。灯罩是买上了，一人拎着一个向村里走。这位弟弟是讲故事的好手，一路给我讲了好几个战斗英雄的故事。接下来他开始讲战斗英雄黄继光的故事，当讲到黄继光堵枪口的情节，正好走到一堆石砬旁，他弓下腰来靠近一块石头做堵枪口的动作，怒目圆睁，神情凝重："黄继光向火力点爬去，冲着敌军狂喷火舌的枪口，挺起胸膛，张开双臂，猛扑上去。"我正在等待着故事高潮的出现，比如敌军正在吼叫的机枪哑然失声；比如敌人的火力点终于被炸掉；比如踏着黄继光用身体开辟的道路，战友们喊着"冲啊"，很快占领了阵地……而这一切我并没有听到，只听到咔嚓一声，灯罩碎了。就像看电影突然遇到停电一样，面对满地的玻璃碎片，我们俩都呆了。这可怎么办呢？再去买身上也没有钱呀。喜事成双，拿一个灯罩回去是不吉利的，我们俩坐在梁上开始发愁。这时同村的一位大爷正好路过这里，他问我们在干什么，我们俩实话实说。这位大爷一听，说家里正好有昨天买的一个灯罩，让我们拿去。大爷一再叮嘱我们俩，千万别跟人说灯罩碎了一个，办喜事忌讳这。我俩如同间谍一样从大爷家拿上这个灯罩来到婚事现场，代东的还说我们俩辛苦了，赶紧招呼我们吃饭。晚上闹洞房的时候，双灯辉映的新房，闪着幸福的光晕。我和弟弟没有心思去抢糖，谢天谢地总算没有误了大事。

我的童年在村中度过，基本上是在罩子灯的陪伴中度过的。罩子灯的光是明亮且柔和的，照在火盆的炭火上，照在厚厚的棉被上，让家充满温暖的气息。罩子灯让我们首先想到的是在灯下把一本书读好，如同母亲先把一个鞋底纳结实一样。

每当母亲说买点柴油，罩子灯的灯芯可以扭得大一些时，我们知道这是要过年了。

冰灯

说完罩子灯，我们说说冰灯。

旧时农家大门口的墙两侧顶部都砌成圆形的，这是准备过年时放置冰灯。腊月里农家人做冰灯，是用水桶装满水放在室外，等整只水桶冻成一个冰坨，再慢慢地将其边缘化开，往出一倒，中间的凹处放一盏灯进去，一盏冰灯就做成了。

冰灯放好后，开灯的时候，像吸铁石吸铁屑一样，一下就吸引了半个村的孩子。孩子们都仰望着冰灯，看冰灯是否会被寒风扑灭。风一袭来，灯火晃晃悠悠地左右闪动着，但有冰壁的呵护，终究是不会灭的。冰灯透过冰壁发出的光晕，朦朦胧胧的，映照得孩子们的脸上青一块白一块的，但对孩子们来说，在寒夜里有这样两盏冰灯放在门口已经足够了，可以让他们在灯下尽情玩耍。当他们除夕夜里来各家拜年的时候，冰灯正好帮他们认清各家的家门。无论遇到多大的风雪，冰灯总是那样执着地亮着，厚厚的冰真是比玻璃都结实。而孩子们即使是坐在炕上吃饭，也会想冰灯是否依然亮着。

一天，我在冰灯下面玩，发现居然有两棵黄豆芽被冻在冰灯里面了，像立体塑封的艺术品，很多孩子也来观看。这估计是生豆芽时留在桶里的，但它们是如何漂起来被冻在中间的呢？想不明白。也许是正在冷冻的过程中，小狗过来摇晃了一下水桶，从而完成了这个杰作吧。透过灯光，我们在地上找豆芽的影子，找啊找啊，还真找到了，放大后像两个结伴玩耍的儿童。淘气的孩子去摸它，摸到一手土，之后豆芽的影子依然摇曳着映在地上。

冰灯的光柔柔的，映得旁边的挂钱儿特别红，挂钱儿随风翻转，影子也在地上翻转。冰灯居于门头，兼顾院内院外，光线不强也不弱，刚刚好。有冰灯的陪伴，我们低头可以看见地，抬头可以看到星。

最终，冰灯陪人们过完年。随着春日气温的升高，被弃在菜园子里，逐渐失去了原来的形状，化成水，融进泥土里，滋养了欣欣向荣的春葱。

玉米瓤灯

冰灯算是一种顽强的灯，要论更顽强的灯火，则让我想起了正月十五元宵节撒灯时用的玉米瓤灯。正月十五这一天，孩子们盯着太阳希望它加速落，盼天空加速黑，因为天黑了就可以撒灯了。

由一个稍大一点的孩子到各家收玉米瓤和煤油，找到一家羊圈屋把玉米瓤用热锅炒干，然后盛在一个铁盆子里，浇上煤油点燃，用铁筷子夹出就可以撒灯了。

天黑下来，用一个玻璃做的小灯笼引路，孩子们首先冲到村后的山上。后山陡峭，上面全是三棱尖石块，很容易割破腿，就算大白天也是难以攀登的，但他们不惧黑，不惧冷，更不惧险。他们在山上把盆里的玉米瓤点燃，一块一块的玉米瓤夹出就变成一盏又一盏灯，一会儿就撒出一座山的轮廓来，像一条火龙向远方延伸。不同姓氏的族人先后上山撒灯，八仙过海，各显神通，还有能人在山坡上撒出一个“福”字来。“福”字以前只是在家门上看到，在山坡上还是很罕见的，在山坡上看到确实让人感到幸福。孩子们到最后把盆里剩下的玉米瓤一起从崖上撒出，于是从山上自上而下形成一条火的溪流。火借风势，风助火威，火流发出呼啸的声音，崖底下各院的村人都发出喝彩声。这火画，好看极了。

在山上撒灯之后，是去坟地撒灯。张姓坟地位于村外一片宽敞的山坡上，那里被称为云彩地。撒上灯的云彩地变成了一片灯的海洋，大概人们是希望借这短暂的灯火暖一暖祖先的灵魂。如果盆中的火和撒在坡上的火着得特别旺，就会有人说“快看，老祖宗这回是真高兴了”。在那片宽而缓的山坡上，我们可以撒出预定的图案。按照家人的嘱托，往往用灯火撒出一个大大的“仁”字。“仁”字以前只是在书本里看到，在山坡上从没有看到过，在山坡上看到确实令人震撼。村里的人，远远地都能认出这个“仁”字。“仁者爱人”，儿时我们得到的最高夸奖，是大人们夸“这孩子真仁义”。

云彩地里埋葬着那么多曾经鲜活的生命，让我们见证了那么多的生离死别。这儿本是一块伤心地，而玉米瓤的火光却散发着通灵的气息，没有一个儿童在坟边感到恐惧。此时此刻，我们生者的心与逝去祖先的心瞬间实现了传承与共舞，尽管这个时间与漫漫长夜相比短如一道闪电。

灯火是可以成为艺术品的，这种体验来自撒灯。撒灯这种民俗可以说既古老也现代。那个手持铁筷子的少年，堪称一位装置艺术的设计师，他随手可以在大地上撒出诗情画意来。

电灯

随着一盏电灯在一个村庄的亮起，我的生命步入强光时代。而为了迎接这道强光的到来，已成长为少年的我也是付出了身临险境的代价。

村子里要通电了，这个喜讯激动得我们好几天睡不好觉。村口立起了唯一的一盏路灯，灯泡都安好了，一帮人在喊“合闸了，就要通电了”。我着急看家里的灯是否亮了，又不愿错过村里第一盏街灯的亮起。在这见证历史的关键时刻，我就一边眼看着村里的街灯，一边后退着向家里走去。走着走着，轰的一下，我就什么也不知道了。当全村人在庆祝通电的时候，我的家人却在看炕上的我渐渐苏醒过来。原来我是掉到大土坑里了，幸亏土坑是柔软的，也幸亏村民们发现得及时，我才醒了过来，并无大碍。

从村里到乡镇，到县城，再到省城，最后到京城，室内室外灯光是越来越强了，后半夜开车走在北京的路上，也是明如白昼。我充分享受着这份亮堂，我一度觉得这样相当好：我们可以晚上加班，白天睡觉；各种霓虹灯会把城市的节日气氛点燃，各种灯光秀也让我们领略了都市的浪漫夜色。但一日我忽然感到，这样的生活是有得也有失，得到亮堂的同时也失去了与天光相关联的敏锐，对阳光和四季的感知能力日渐减弱。一位颇懂中医的师兄说：电光是亮堂，但电光打破了人们的作息习惯，该睡时不睡，该醒时不醒，于是病来了。

回想，自然是深爱我们乡间的。乡间晚上的天是一点一点地黑，晚归的人们会有晚霞照看；乡间早晨的天也是一点一点地亮，早起的人们会有启明星照看，会有雄鸡的鸣叫声陪伴。在强光的照耀下，我却突然怀念起弱光时代来。

蝈笼灯

这次买蝈笼灯花了五十块钱，但在接下来的几天，它给我平淡的生活带来了小小的趣味，它仿佛牵着我的手回到了弱光时代。

蝈笼灯放在客厅，闲聊增多了；蝈笼灯放在书桌，会诱惑我去写作；蝈笼灯放在阳台，会把星星接进屋；蝈笼灯放在床头，从强光到弱光，我的入睡变快了。

蝈笼灯散发着温暖的光芒，它的光芒如线条般向远处延伸，可以放在手心上揉搓一下，察看其质地，好像一粒粒小米。我似乎看到了母亲纳鞋底时坐姿的轮廓、哥哥握灯时的臂膀、孩子看冰灯时的一张张脸和正月十五云彩地上的神秘光线，而这些又是可以与大都市的璀璨灯火，与蝈笼灯的点点星火连成一体的。

我想生活不仅需要高铁、航空航天这样的大科技，也需要蝈笼灯这样不起眼的小创意。

随着时代的发展，生活越来越多元化了，不知从何时起，我们发现回归也是一种美。当有人登上邮轮的舷梯时，有人正坐毛驴车回到他出生的小村；当有人享用丰盛的宴席时，有人骑自行车回家做起儿时的农家菜。一位时尚先生娶了加拿大媳妇，岳父是位农场主。这位先生在北京无论多忙都会抽出时间飞到加拿大休息，他说只有去了加拿大的农场，他的身心才能真正得到放松，因为在那里一家人围着壁炉说话，没有人打开电视，也没有人只看手机。他发现，家人间的话是越聊越多的，而越不聊就会越少的。令我感慨的是，我们尚未富足，但当年在乡村生活中习以为常的围炉夜话现在却变得遥不可及了。

我这里不是说越贫穷越美好。蝈笼作为乡土元素，电光作为现代元素，实现了强光时代与弱光时代的结合，再次印证了人的创造力是无穷的。蝈笼灯就像一首朦胧诗，让眼前的世界朦胧些，却让心里的世界清晰些。蝈笼灯，在现代生活中不是一种无可奈何的叹息，而是一种微微的校正，一种暖暖的回归，一种朝阳式的再出发。

受蝈笼灯的诱发，我想去郊外放鞭炮，我想自己做饺子，我甚至想再回乡下做一盏冰灯……

豆腐出锅

灯亮了。

母亲抱回柴草。一会儿灶火把锅底舔红了，锅沿上起初是一缕雾气，接着一缕又一缕地变厚，从木编的笼屉里蒸腾出一个气雾的世界。白白的热气从厨房悬窗中排队而出，一出窗就被寒风扯碎了。

昨夜炕上发好最后一盆面，今早一定要蒸出馒头，否则就发过了。在母亲蒸馒头的同时，父亲已经挑着两桶泡好的黄豆去村里的机房排队了。今天做豆腐，这可是农人进入腊月继杀猪、撒年糕之后的又一件大事。

村里有一台粉碎机，代替了碾坊，放在孙四家，当年成为改善全村生活条件的重要物件。孙四的机器只开动一上午，下午他也要忙年货了。时间不等人，所以村民都早早来排队。谁也不想排在最前面，因为排在最前面，机器会沾去一小部分豆汁。更不能排在后面，一是怕这机器中间出故障；二是冬天天短，时间晚了，不知何时才能做出那么多的豆腐来。

母亲的馒头揭开了锅，热气中全部是白白的大馒头，这证明母亲的碱面放得正好，馒头微笑着，母亲也开心。给出锅的馒头点上小红花，她就来孙四家给爸爸帮忙了。

机器房里同样是有一些热气的，墙壁上沾满了各种粉尘物，噪声很大。从机子上面放豆，豆汁就从下面流出来，果然是机械更有效率。

在等待加工的时候，让我们想想黄豆的美好吧。玉泉隆村属于有河水浇地的大沟，这里的黄豆种子好，土地也好。清明忙种麦，谷雨种大田。豆种下了，再过几天一看，豆的芽已顶着豆皮长出地面，一片叶，两片叶，三四片叶。豆秧不高，怕被杂草欺负，要拔三次草。豆秧长起来了，开完小花，一束束豆荚挂在风中。豆荚由绿变黄，再变成黑红色。豆荚是急性子，秋风一到，它已长成，你再不收割，它就敢炸开在地上给你看，大概是怒气使其变成黑红脸了吧。于是农人要赶紧收割，拉回到谷场上充分地晒干，然后碾打，在风里扬，最终成为一颗颗精灵般的黄豆，再装袋入仓。一年下来并不容易，风雨虫害，都会成为黄豆成长路上的拦路虎。夏天需要雨多但不能是暴雨，这样豆才能长出来。收割时，天最好潮乎些，这样豆荚不扎手且不易炸开。而收到谷场里希望是大晴天，别让豆被雨水泡掉。劳作全在室外进行，农人不仅辛劳，更有其焦虑。懂得这些，你就知道为什么过年时对联的横批要写“风调雨顺”了。一颗豆一定是和一场暴风雨抗争的胜出者。

终于轮到了父亲和母亲。母亲在机房里加工，父亲就一趟又一趟地往家里挑豆汁，挑得室里盆满钵满，姐姐已开始烧豆汁了。多年的习练，已让过年时的家务协调有序。

灶里烧的是木头疙瘩，豆汁快开锅了，家里离不开大人，父母加完工得赶紧回去，偏偏小姨快排到了，可她忘记拿水舀子了。

“我马上就要用。”

“我用十分钟就给你。”

“我家的锅都开了，你回去拿还来得及。”

“回去拿怕又被插队呀。”

“怕插队你主动往后排一个不就行了嘛！”

“着急了连个水舀子都不借，这还是亲戚吗？”

“你急，我不急吗？”

……

两个人声音很高，有点吵起来的意思，用当地人的话叫“半红脸”。母亲和小姨不是亲姐妹，但平时走动得多。我虽是水桶般高的孩童，但却比水桶多双眼睛，并有记忆。这是我第一次看到她们姐俩红脸，看样子这姐俩整个正月都不能弥合吧？

回到家，豆汁确实要开锅了，屋里热气特别地浓，母亲敞开了门，但热气还是满屋子都是，如同坐飞机时看到飞机穿越云彩。对我们这些孩子来说这热气太有趣了，白白地横在眼前，抓一把却抓不住。

我们凑过去看，锅里的豆汁在翻滚，似乎马上要溢出来。

“离远点，别烫着。”母亲喊我们离开。

热气中，看到的是姐姐坐在灶膛前被火映红的脸。

热气中，父亲把盛有卤水的勺子伸向豆汁锅里。这一伸，变戏法一样，汁儿回清了，凝固物在迅速聚集，成为块状。父亲放好箅子，姐姐和父亲站在锅台上撑开笼布，母亲用水舀子盛豆腐脑到笼布里。父亲用笼布包住豆腐脑，在箅子上用力往出挤水。挤一锅嫩的，用来炖着吃，软和；挤一锅老的，煎成豆腐片吃，耐嚼。制作老豆腐时，父亲把膝盖都跪上去了。

其间如此之忙，母亲还穿插着组织了一次儿童吃豆腐会餐，让我招来了隔院的铁蛋、柱子、来福、来小儿等，当然还有姨家的小表姐。一张大红桌子放在炕上，一人一碗豆腐脑，桌中间放一碗咸菜汤自己舀。这大概是全村今年的第一锅豆腐脑，整张桌上都是小孩子红通通的笑脸。小表姐的头发梳理得整整齐齐，新绸布做的头绳已经扎上了，很显眼。

吃豆腐脑是吃它的豆香气，还有咀嚼时不规则碎块弹软的口感。热气蒸腾中，我和小表姐面对面吃着豆腐脑，我想她应算是小小的使者吧。下午等小姨来接小表姐时，我看到妈妈和小姨已经和好如初了。因为，不一会儿，小表姐就拎着两条达里湖的鱼来了。

只有一个水舀子，谁都是急用。忙年时是各种资源使用的高峰期，矛盾不可避免，如果不是有那么多的小矛盾，村人何以能够有如此深厚的记忆呢？母亲年过八十后，说起村人依然会流泪。

农人间的矛盾无非是这些：借了牛用，没有给喂饱就还回来，牛的浅窝都没有吃起来；在位于两家中间的柴草垛上发现一颗鸡蛋，都说是自家鸡下的；去集上捎回来的鞋不好看不能穿……可他们借一锅热气，组织一次儿童会餐，就把一年的不快全部蒸发了。牛还照样借，鸡还是撒开来下蛋，东西还照样捎，连这豆腐也是各家互相换着吃的，因为各家手法不一样，做出来的口味也不一样。

农人间的乡情颇像这豆腐脑，鲜嫩而晃动，一经岁月的笼布裹拢，就变得像豆腐一样结实而芬芳。说起来这黄豆，是渗入农人的生活里的。豆腐只有过年能吃到，但黄豆芽是常年离不了的，出门搞副业的人，临出门也要把黄豆泡咸炒几捧带上，来调剂伙食。黄豆原产于中国，有五千年的种植史，黄豆被誉为“田中之肉”。我们常说茶文化，豆文化也是有的，“撒豆成兵”“煮豆燃萁”这样的成语也不少，而结合各地域文化形成的豆腐的做法与吃法更是多种多样。吃一碗古法豆腐脑，也许瞬间就能让我们漂泊的游子那颗疲惫的心得到歇息。

一夜连双岁，五更分两年。回望，年是由腊月和正月组成的，腊月忙年，正月请客。整个过年期间全村各家的厨房都飘散着热气，孩童们在这热气中躲猫玩乐。屋子矮小，再遇奇寒，热气便显得重，孩童们却是对面不相见的，从热气里最终找到了，就会拥抱在一起。在我的印象中，农人的情感多与这白白的热气有关，故事在这里发生，缝隙在这里弥合，浓情在这里升腾。孩童嬉戏其间，是最不可小看的使者。

哪位印象派画家能画出热气嬉戏图，在我看来就是画出了年味！

四小凉菜

秋天，荞麦收割完毕。农家之前会利用荞麦花给猪做猪食。玉泉隆人把进入育肥期之前的猪叫“克劳”，真正会过日子的人家，一般是养一头肥猪在当年宰掉的同时，养着一头克劳。这头克劳历时两三年，眼看着由瘦猪变成肥猪，到最后出圈门都困难，走起路来胖得打晃儿。

在农村，高被子垛、高柴草垛、满着的粮仓与一头大肥猪，共同构建出富裕的生活。当地把辛辛苦苦过日子的人家称为根本人家，姑娘愿意嫁到这样的人家去。

一头大肥猪在走路打晃儿之后，就变成了农民幸福生活的保证。一大盆杀猪菜能吃半个冬天，四只猪蹄子加上猪脸变成二月二的美餐，腊肉和猪皮炖豆角可以陪伴人们到来年夏天，而满满一大坛子白白的猪油与蔬菜搭配起来，是一年生活的保障。

每年回农村过年，一下班车，心里想着的第一道菜与母亲端上来的第一道菜相吻合，一定是杀猪菜。杀猪菜又分为两盘，一盘是猪肉煎血肠，一盘是干白菜炖猪肉。猪肉煎血肠的香味入口更入心，解馋之类的词一定是为这样的菜而创造的。伴随着这些回忆的是四小凉菜。

每年过春节，母亲都要做四小凉菜。凉菜做好后放在外屋，一旦想吃，就端上来，顺便喝着酒，等热菜上桌。

四小凉菜是指肘花、灌肠、皮冻和豆芽杏瓣，这四道菜有三道与那头养了两三年的大肥猪有关。肘花，一片片摆成一朵花的样子放在盘子中，而每一片肘花里面都有长长的条纹，让人想到农村木匠做家具时刨下来的刨花。为什么家乡的肘花那么入味呢？我想，一是粮食喂出来的猪肉瓷实；二是放在大骨头调料汤里煮，肘花能充分地入味；三是农村没有冰箱，煮好的肘花长时间在粮食柜里存放着，保存时间长。儿时，在给客人上菜之前，母亲在厨房会悄悄地把一片肘花先放到我的嘴里，我就出去玩去了，而那香味竟然存留至今。

灌肠更有灌肠的妙！猪肠子洗干净，里面装上猪肉与豆腐、干香菜做成的馅儿，然后用麻绳系住两头。随后放在大骨头汤里煮，煮到快熟时，要扎几个针眼上去，放放里面鼓胀的气，同时，大骨头汤里的滋味也可以渗进去几丝。最后捞出来，把灌肠一片一片地切开，入盘摆成花朵的样子，每片用筷子夹起入口前都不会散。口味重者，蘸一点有葱丝的酱油吃，味道更佳。

赶紧说一下皮冻，皮冻更好吃。其制作过程，更是有一种传奇的味道。把猪皮刮去毛和油脂剁碎，加水放到锅里煮够时间，盛到盆里，里面同样放上豆腐、酱油等作料，把那一盆汤放到窗台外，记着盖上高粱秆做成的盖帘，否则会成为猫的美食。第二天早晨，这盆汤就变成皮冻了。儿时无论我多忙，皮冻揭盖的过程我一定要看，我能看到母亲脸上欣慰的表情——做成了，还这么好。把皮冻切成块，放在菜板上还会打晃儿，切成多薄的片都不碎，仍然入盘摆成花的样子。就餐的人每夹一片在入嘴前，都会欣赏它那像玻璃一样的质地，随后就是一桌人的赞叹。在呼和浩特的冬天，我曾经在一辆小摊车上买到过貌似家乡做的皮冻，等不到带回家，扭头弯下腰就咬一口，却不是家乡的味道。

最后，说说这豆芽杏瓣吧。记得儿时，入冬了，孩子和大人就要一起砸杏核，剥杏仁。垫一块砖，砖上磨出一个杏核大小的窝，把杏核放到窝里砸，这样杏仁才不容易碎。好的杏仁放到一个碗里，泡软后去掉皮，然后再煮熟，光洁的杏仁就呈现出来了。仅有杏仁还不行，还要配上上好的刚扭嘴的黄豆芽儿。家乡的黄豆芽是放在炕上捂着被子生的，扭嘴的豆芽好像在叫喊着让把它放到土壤里去，样子特别可爱。也许这是农家最早领略到的春之气息。

如果只吃杏仁，吃完了舌头发麻。记得家乡叫杏瓣而非杏仁，不用完整的杏仁，而是把杏仁都分成两瓣，这样更容易入味。豆芽没有清香，因此要把豆芽和杏瓣混搭在一起才好吃。

仅一道豆芽杏瓣，居然有两种物料要去皮。也许是制作过程太耗时了，人们走进镇里，越来越有钱了，四小凉菜在餐桌上却不见了。

我想，在这讲求速成的时代，人们失去了做美食的耐心。但这两年，人们又返璞归真了，有些旅游生态山庄能做出家乡菜的味道。

我想，只要心归来，春节四小凉菜重现家乡的餐桌就是早晚的事情。

有酒的年

玉泉隆村过春节，年画要有，年糕要有，家家还会牵着毛驴、驮着玉米去巴什营子换酒。巴什营子有老烧锅，做出的粮食酒好喝，去巴什营子换酒是玉泉隆人筹备过年的重要环节。偏偏就这一年天逢大旱，玉米收成不好，年根了，年酒依然没有着落。这没有酒的年该怎么过呢?

这一天，月亮升起在墙头之上，小山与伙伴们正在村里的麦草垛里藏猫猫，父亲急促地喊他回家，让他找一根胶管用用。

小山有一根胶管，来历是这样的：乡里卫生院下乡开展计划生育工作，到村里来做结扎手术，输液管偶尔长了，会剪下一小段胶管。不知怎么就从手术室流出一段胶管来，被邻居家的小根轴搞到手，揣在怀里，视为至宝。山村小学，下午做不完作业老师不让回家，小根轴经常完不成作业。有一天下午，没做完作业的小根轴着急回家吃黏糕饼子，小山告诉小根轴一个数学文字题的解答方法，这段胶管就流转到小山手里了。

父亲如此着急地找这根胶管干什么呢？父亲似乎看到过小

山有这样一根胶管，就让小山拿出来。

“你拿出来给用用。”

“我不拿，我留着做弹弓用呢。我把弹弓把儿都打磨好了，就差绑胶管了。”

“过年时给你二十个鞭炮，给你二哥十个。”

“爸，你用下可以，但用完得还我。”

“行。”

“不，我不放心，我得跟你去。”父亲同意了。

小山从柜底下的一个铁盒子里掏出了胶管，父亲领着小山来到三大爷家的院子。往院里面一看，从大爷到八大爷围成了圈，一人拎着一只小塑料酒桶在等着。等什么呢？等着分院中间的一大桶酒。这酒桶好大，应当装有二百多斤酒。

原来这是在县城上班的第十子回来了，小山叫他十哥。他听说村里的家人们今年缺酒，十哥用自己的工资从巴什营子进了酒，今天专门送回来给村里的叔叔大爷们分分。他明天一早就要回县城接着上班去了，所以得把这酒连夜分完。

大酒桶对着小酒桶，怎么导出来呢？这成为摆在叔叔大爷们面前的一道难题，他们就想用小山的胶管试一试。大桶在上，小桶在下，为了接通，小山的父亲吸了一口，这酒不小心洒在地上。满院子都香了起来，香得树枝上的鸟儿都出来叫了两声，表示赞赏。

一试，这胶管真是好用，一会儿就装出一小桶酒来。第一桶装出来留好，这是供家堂时专用的。接着一桶又一桶地分，每换一只桶，都换一位大爷吸通这胶管。

这一幕把小山给看呆了，他也想吸一口。大人们还真让他吸了，吸进去一口，好辣，辣得他直闭眼，辣完之后是全身发热。小山的小棉袄本来是透风凉，他在寒风中甚至不自觉地牙齿打战浑身哆嗦，但这一口酒下肚，似乎吃下了父亲讲故事时提到的保暖神器——火力金丹，瞬间变暖了。这是他人生中第一次与酒神结缘。

月光静静地洒在庭院，屋里的煤油灯放在窗台上以增加光亮。一院子人抽着烟围着放在凳子上的这桶酒开始盘算：酒有了，哪天扫房，哪天去上坟，哪天派谁去看看表大爷。这是小山看到的玉泉隆最安详的时光，甘冽上好的粮食酒通过他个人的重要藏品——一根胶管，正在输向所有的亲人。波嘮嘮，波嘮嘮，酒通过胶管淌出的声音，像极了村畔那条怀都昆兑河的柔美水声，这是人间至美的音乐。

有酒的年就不一样了。

年三十安神时，土屋前墙的天地爷香楀里有了酒香。

除夕夜给祖宗请年有了供品。

正月初二，三大爷请客可以用茶壶煮酒。

正月初三，亲家宴六大爷有了面子。

正月初六，十三哥给老丈人的礼物落地了。

……

年里有酒，如同灯笼里有了灯，灶膛里有了火，岁月里有了诗篇！

有酒，山村上空都是香的，这一切都要感谢十哥能够走出垄沟到城里工作并回村里分享这份幸福！小山不自觉地围着十哥转了一圈，十哥是村里考出的第一位中专生，他穿着崭新的风雪衣，戴着眼镜，好帅气！仰望十哥的同时，小山也看到了大榆树后面那轮明晃晃的大月亮。

有酒的年是幸福的年。每每想起在玉泉隆过年，小山都想起月夜、一桶酒与那一根朴素的塑料胶管。那天晚上分完酒后，小山记着把胶管带回来了，后来弹弓也做成了，但他却没有太多的时间玩弹弓了，因为他开始发奋读书了。

五魁首

“一心敬，哥俩好，三星高照，四季来财，五魁首，六六大顺，七巧七，八马双杯，快喝酒呀，全来到呀！”

这是玉泉隆村里最流行的猜拳令了。整个正月，忙了一年的人们终于闲下来了，开始互相请客。

你听，大中午的，村里家家都透出这样的猜拳声，连起来听，真好听，就像歌声。屋里的保家仙听到了，院里的天地爷听到了，农家人喝着酒也不忘记祈福。他们一定是半蹲在炕头上划拳，坐着划拳不可能有这么洪亮的声音。

魁魁魁，这是玉泉隆人对五魁首的叫法。什么是五魁首呢？据说是明清时期，科举分五经取士，同时取得各经第一名的人被称为五魁首，五魁首延续到当代更多的是一种祝福。而在玉泉隆只要连说“魁魁魁”，你不用推开门进屋去看，一定是我大爷在划拳。

在玉泉隆，五魁首可不是谁都能用的，是我大爷的专属。他们兄弟五人，大爷年龄最大，四个弟弟与他划拳，只有他能喊五魁首。不过这也公平，他是以不变应万变，他只喊这一个令，令不变而手指变。大爷有赢有输，但极少有人能抓住他出拳的规律，让他连着输的。至于他怎能掌控得这么精妙，这就不清楚了。

不过，这也符合大爷的性格。

大爷当过解放军，参加了解放战争，做的是后勤工作，赶过马车，当过司务长。转业回村后，当时爷爷奶奶掌管着一大家子，没有分家，三代同堂，吃饭时人太多要摆两三桌。按照爷爷的安排，大爷作为长子，掌控全家的财务。一茬新的布给外面闯的人穿，穿成二茬新改一改给家里的成年人穿，等大人穿成三茬新再改一改归孩子们穿，大爷安排得井井有条。大爷回村后当过羊倌，从我记事起，就知道大爷有一个宝贝匣子，实际上就是一台砖头大的蓝色收音机，没事时挂在墙上，放羊时随身带着。我纳闷儿：为什么他的收音机总有京剧可听？由于他在山上放羊，用冰泉水洗手得了风湿，老年后手指不好使唤。大爷手指的关节不灵，也许是这一因素他划拳只喊“魁魁魁”，这样可以少些变动。村人请客，大爷是最受欢迎的来客，因为大爷从不多喝，高兴时经人要求，会唱两句京剧中的二黄助兴。他老人家只要自己喝好了，下炕就走，从不管其他人面子不面子的，由于收场收得早，所以深受主人家的尊敬。

无论是来了里表亲还是外表亲，大爷的酒场表现都没有变过。有一年，一家好不容易请到大队书记当主宾，请大爷来陪酒。大爷自觉喝得差不多了，要单独离场，大队书记说“老哥你走我也走”，酒场僵起来了，全桌人都劝大爷留下来接着喝。大爷假装解手，悄悄下炕，等人们再找他时，他已经离开了。时间长了，大家也就习惯了，他说走就真让他走。在喝酒的纪律性的把握上，大爷还真像一位军人。

随着各家儿女的增多，大家庭还是分家了。大爷家是全家最后一个从两间屋搬到三间屋住上新房的。大爷和大娘育有四女一儿，大爷信奉中庸之道，任何事情都把握一个度，在他家的炕头上贴有一幅炕贴，上面书“知足者常乐，能忍者自安”。

“魁魁魁，魁魁魁，魁魁魁……”就在这五魁首的酒令中，大爷跟儿子从村里搬到了镇上，住上了楼房，度过了安详的晚年，寿高八十五岁。

小号酒盅里的正月

发小邀请我到他县城里的新家吃饭，说是从玉泉隆带回了过年菜，我赞美他这份情怀，就去了。电梯楼房，宽敞明亮，欧式装修。席间他为我一道一道地夹菜，灌肠、肘花确实地道，质感硬实的土法豆腐与家乡腌制的酸菜帮细丝炒在一起，成了我的最爱。儿时是要就着馒头吃这道菜的，但是现在不用，放开来目不斜视地吃。每一道菜背后都有一段故事。发小的父母特别会种园子，我母亲被请去他家帮助绗被子，顺便带我去吃饭，在他家我平生第一次尝到了黄皮西红柿、紫皮长条茄子。而今天这桌菜的味道与童年比还真是没有变，在品尝完美菜肴的同时，我还想起了儿时的小酒盅。

记忆中，正月里玉泉隆的酒桌上是有两指宽的小酒盅的。酒壶上画着蓝道道，用来在火盆中温酒，炕桌上人人面前放着一个小酒盅。主人先提两杯酒共同喝了，然后开始打通关，一个人一个人挨着敬，轮一遍。中间穿插着女主人来敬酒、小孩来敬酒，顿时塞上小茅屋宛若都市宴会厅。

“快喝酒，别拉长谈。”

但拉长谈往往成为常态，大爷会讲述解放战争时期如何在部队拉马车，车上竟然出现了在另一个部队当兵的老爷爷；三大爷会讲述跟随我爷爷出去治病，如何把病危的病人三两下救活，挽救了一个大家庭；我父亲会讲述他如何送老姑一家三口到福建去与当兵的老姑夫团聚，在锦州站走散了，又如何找到；老叔会讲述大会战时遇到了辆牛车，驾辕牛不用力，他大冬天的把牛换下来自己驾辕，最终把载满东西的牛车拉上了梁，他就是因此“一役成名”而转正当了干部……总之，全是传奇。

现在讲“口述历史”，那时的酒桌上全是对历史的口述。父辈天生是讲故事的行家，我在炕沿下一边与猫玩着，一边聆听着这些故事。

炕上的火盆端下去又端上来，要不断地续炭火。酒桌旁边的人们，脸慢慢地变得酡红，就像壶里砖茶的色彩。中午的酒常常喝到牛羊回圈猪拱门的晚上。

他们讲故事讲得高兴了，还要划拳助兴。宴席表面上是无序的，实际上是有序的，大家的讲述涉及玉泉隆的政治、经济、文化，没有什么比回忆往事并连缀在一起来共同绘就的一个梦想更令人神往，村人在讲述中似乎把控了世界，留住了岁月，读懂了人生。

故乡人多数搬到了县城里，生活节奏变快了。在家里做饭的少了，常到饭店点上许多菜。我发现小镇上有种新的趋势，经常用喝啤酒的玻璃杯喝白酒，动不动还要豪放一下，一口一杯，看着实在让人心疼。不是心疼酒，而是心疼大家的胃。更大的浪费在于，话匣子刚一打开，往往已经醉了，包括我也这样。酒沦为一个买醉的工具，酒话哪去了，故事哪去了，暖意与诗意哪去了？第二天，一回忆都断片了，连有效沟通都没有，还谈什么诗意。同学挚友喝过多次酒，但谁在干啥、下一代在做什么，竟然一无所知，下一代并不知道我们的友谊来自何方。至于有个别人喝出病来、喝出气来、喝出交通事故来，又赖在酒的身上。酒啊，你真是被冤枉了。海量地喝白酒，必然让真正的好酒难以入局，这就成了恶性循环。

小酒盅加上酒令不失为减量的手段，是放慢生活节奏的方式。倒挂金“盅”可以有，但要少喝酒、喝好酒。艺术与生活的紧密结合并未被在场者所知悉。小镇是西方精英采撷诗意生活的核心区，故乡的赤峰市经棚小镇搭上旅游业的快车，居于多个风景名胜区的中间，皑皑白雪中高楼耸立，白桦与云杉相伴，诗意生活已具雏形，富足中升腾着幸福感。下一步要探索一种吸收了现代条件，又与自然、国际和谐的生活方式。书吧、茶吧、音乐吧应当有一定的参与性。要在富足中不失时机地提升酒与茶、阅读、艺术交融的文化含量。这不是怀旧，而是回归精致，就像文火炖出来的汤更好喝一样，我们应该回归到小号酒盅的时代。酒盅小了才会慢下来，小了才可以没有负担地喝酒，让叙述与说明、抒情更加充分酣畅，以便让酒之灵更好地载贮心魂，完成酒神的起舞。

我们只顾赶路，总想着改变生活，而坚守优良的传统与改变旧俗是同等重要的。我们总想着开豪车、穿名牌，让自己更加时尚，但要防止心灵层面变得比过去更加庸俗、粗陋、表面化、器物化。

我们与浪漫的生活不差酒，不差钱，差的是对一个小酒盅的尊重。来，家乡的亲人们，现在就换成小酒盅吧！小酒盅也可以产生大豪情，因为我们该聊的话语才刚刚开始。让酒欠一点儿，但把文化斟满。让我们以酒为媒，一起祝身体安康，岁月静好。

下次，我要带着儿时收藏到的小酒盅，与发小温酒重开宴。

请年

除夕，天一黑，不是看春节联欢晚会，而是请年。所谓请年，就是把家堂供在一间专门的屋子里，同族的人会把好酒好菜都带来供祖先享用。

“请年了，请年了！”等主持人一声叫喊，一群人就出门了。来到村口，对着坟地的方向跪下，然后燃着纸，点着香。主持人会念叨“老祖宗快回来过年，有马的骑马，有轿的坐轿”，然后大家开始磕头。怕老祖宗回来的路上看不见，小孩子要提着玻璃做的小灯笼。小孩跟着大人一起跪下的时候，燃着火的小灯笼也一起横在地上，但是小灯笼的火却不灭。人们奇怪，小灯笼倒下了都不灭，于是有人说：“对了，那能灭吗？老祖宗可都是高人。”回到家堂，同样要磕头，这样就把远去的祖先的灵魂请回来了，让祖先的灵魂与大家一起过年。请回来后，全家族的人就听最年长的讲家族的历史。

“咱们的老祖宗最早是挑着担出的口哩，一筐装着药篋子，一筐装着全家行李，带着老伴就出口了。最早落户在河那沿，最后日子好了，开始移到这里。然后一支三不绝，生下三个儿子……”

实际上，说挑担过来好听一些，好多人家是要着饭过来的。

听老人讲家史，能听到祖宗创业的艰难；也能听到谁没儿子，兄弟们就会过继一个过来顶门；还能听到谁谁谁嫁过来，长得好，人品也好，又孝顺，可生娃难产，孩子活了，人死了；你们可千万记着咱们跟白火烧的老王家是亲戚，啥事要让着人家，咱们的人，根在那里。

一位姓莫的老人也会参加，是因为他们莫家人的根来自张家。莫家只有一户，我想，参加这样的仪式，也有利于优化他的生存环境。

大年初一，人们早早地起了，吃过饺子，第一件大事是去给家堂拜年。媳妇们不仅要去拜年，还要磕长头，希望得到祖宗的保佑。

初二的晚上是送年，同样要提着灯笼。出发前，大家要跪在家堂，把酒洒在地上，放一小块馒头之类的在地上，嘴里念叨着“老祖宗吃点喝点，照顾不周的地方多担待，过完年了，该上班的上班，该下地的下地”。一群人磕过头，小灯笼走在前头，就向那村口走去。到了村口，说跪，哗的一声人就跪下了，膝盖上碰到冰就是冰，碰到牛粪就是牛粪。这次说“这小灯笼得放好呀”，然后看着烧着的纸钱，人们又念叨“看这火这个旺，老祖宗今年过年过高兴了”。火刚刚灭掉，就像听到发令枪响一样，就见全体人都开始疯狂地向家堂的院子里跑去。那男孩手里的小灯笼又开始摇晃了，大人赶紧接过去，男孩开始野马脱缰般地跑。跑什么呢？是回来争食家堂前的吃食，抓到酒的喝口酒，抓到什么吃什么，据说谁吃到祖宗的福底，谁就更有福气。我抓到过半个饺子，吃到嘴里虽然有些凉了，但感到非常香，好像真的是与祖宗们分享这一个饺子。

现在人年过五十，就觉得到了生命的边际，而我们祖先早就知道生命是生生不息的，因而才有了活人与逝者一同过年的年俗。

克什克腾是个移民文化发达的地区，原汁原味地保留了山东、河北、河南等地的民俗，由于这里远离中原，地处长城之外，反而保存得更加原始。

花红

在北京过年，父亲说：“这过年天天吃好的，不动弹不行。”大年初二，我们就想陪他出门转转。

去哪儿呢？听说离燕郊不远有个鲜花港，按说叫了鲜花港这个名字，应当是有鲜花的，于是驱车赶去。

一路上兴致勃勃，车里放着广东民乐《步步高》，感觉一片花海就快到眼前了。路上，大地和一丛丛的树木都是暗黄色，一一向车后掠过。正好去看看花儿，润润干涩的眼睛。

导航指示到鲜花港了，门却关着，门卫说：“只有冰雪项目，这个季节哪有什么花呀。”门卫好像刚刚喝过一场大酒，摩挲着惺忪的眼睛。

看花是不行了，该去哪儿呢？中午还要回去，不能走太远，旁边路标上指示木林镇，木林镇想必是有花棚的，就往木林镇开去。导航提示到木林镇了，有花木销售的地方，却关着门。大正月的，老碰到关门多不开心啊。看到一个集市正在处理年前剩下的东西，就进去转转。

市场很大，只挨着路边有一些摊位。“处理了处理了，驼绒棉裤清仓了，给钱就卖！”想给父亲买条棉裤，他说什么也不要，说有了。买了喝酒时用的小酒碟，一块钱一个，太便宜了，想必出摊的人处理完这些年货，就要开工种地了。一个摊位正在处理花布。适逢我的本命年，从红围巾到红内衣再到红袜子，一红到底。红围巾是校友会发的，红内衣是夫人给买的，红袜子是姐姐给买的，自己也得买件红的东西。说来也巧，花布摊上正好有一块大红花图案的花布，在城里断然买不到这种艳俗图案的花布。对，我就喜欢用大俗大艳的花布当床单。这下不仅穿的，连铺的都是红的，真是红透了。

市场中间的空地上，两位老人在跟着快节奏的音乐跳舞，像以前的迪斯科，跳得太欢了，完全是一副陶醉状。这两位老人放到互联网上会成为“网红”的。凡快乐者皆是懂生死之人，一看这两位老人就活明白了。两位老人一跳，人们的目光全被吸引过去了，没人买货了。摊主说：“这俩老人就是穿的我的棉裤，腿脚保暖，你看跳得多好，快买条棉裤吧。”一听这话，摊主与这两位老人就不是一个境界。

走吧，回去吧。没有看到什么像样的景，多少有些失落。我们想让父亲高兴，父亲也想让我们高兴，父亲坐在车上，实在没什么说的，就夸路边的喜鹊窝好看。

“你看那喜鹊窝，并排就有四个。”

也好，这下给我带来了灵感。父亲年轻时放羊，坐在石头上发呆，陪伴他发呆的就是喜鹊。今天就看看这京郊的喜鹊还是不是那种尾巴上冒蓝光的。我找了个地方停车，让父亲走进树林，端详喜鹊窝。一个，两个，三个，四个，喜鹊一只都没有出来，大概年初二也回娘家喝酒去了。这喜鹊真没有眼色，就不能出来捧个场吗？

快十二点了，家里炖肉、饺子、烧酒也准备好了。走吧，打道回府。

即将到达燕郊的交通检查站，路边一个不起眼的地方有个采摘园。进去，满园春色之下，一颗颗草莓悬垂在垄沟里，红彤彤的，像一个个玉坠。摘了草莓，问过价格，草莓贵是贵些，但真是好吃。父亲采了一小筐，你一举手机拍照，他就拿在手里做出较为开心的样子。

园主收了款，我们正要出门，园主告诉旁边还有一个卖花的园子。一听说有花卉大棚，正可以补鲜花港的缺憾。一进大棚，我们就被各种花儿给惊到了：茶花开了，像童颜；梅花开了，像国画；海棠开了，像在舞蹈。园主的蝴蝶兰年前已被抢购一空。我们要出钱，父亲不让，最终父亲从层层包裹的钱包里拿出钱来，买了两盆多肉植物。与采草莓比，这次父亲是真开心的，让他自己花钱他就觉得开心。

结完账出门，回头来看，花棚的门上挂着大红灯笼，门口贴着红红的对联“春雨丝丝润万物；红梅点点绣千山”，横批是“春意盎然”。这副对联红底黑字，音韵和谐，读起来悦耳动听。

贴对联是中国独有的风俗。这寒冷的冬天也实在太长了，不要说老人，年轻人也受不了，如何让人活泛活泛换口气？老祖宗聪明，不是从中拦腰斩断，而是用红花般色彩的春联迎接春天。春联如同一张张邀请函，四处闲逛的春天一看见就跟在后面乖乖地来到了人间。

花红，春联红，灯笼红，花布红，这是一个满眼皆红的世界。大自然的春天和我们大家的视觉偏好颇为一致，偏爱红色。我们用春节放大这一切，对接了这一切，抒发了情感，享受了浪漫，表达了对冬的蔑视、对神灵的敬畏、对人的祝福、对丰收的渴望。

远远地再回头一看，那灯笼和对联还在，这一棚花似乎最先是被春联染红的。外甥说在燕郊住了五年，还不知道这里藏着一个花的世界。我要赶快回家铺开那红花朵朵的床单去。

阿诗玛，你在哪里

嘎吱一声响，红堂柜的顶盖被揭开，趁爸妈不在屋的工夫，小山和哥哥悄悄地取出年画来一饱眼福了。

往年，母亲是舍不得花钱买新的年画的，只是用荞面和成面团，在旧的年画上擀一擀，粘走画上的尘土，也就算给过年添点儿新意了。但这样做让小山很不开心，因为邻居家是有新年画的。

今年不同了，放羊的父亲多砸了两筐杏木疙瘩，卖给大队部当柴烧，多挣了两块钱，专门嘱咐母亲要买新年画的。去近六里之外的代销店买年画，这对小山来说，比吃糖还令他着迷。

与哥哥石头剪刀布，小山赢了，小山可以跟着妈妈去买年画了。他兴奋得跟什么似的，饭都没有吃完，到院里一蹦一米高。这让家里的小猫很纳闷儿：这孩子怎么了？

代销店的院里停满了毛驴车，全是来买年货的人，驴粪蛋在地上冒着热气。

小山牵着妈妈的手，挤进了代销店的门。卖年画的售货员跟前人很多，卖花布的售货员跟前人同样多。

小山看到了，年画有《鸟语花香》的四联幅，有《杨门女将》，有《三英战吕布》，还有《阿诗玛》。阿诗玛太美丽了，美丽的眼睛好像会说话，艳丽的头饰好像在闪着光。茅屋的正堂上贴什么，山花（歇山式的屋顶两侧形成的三角形墙面）上贴什么，妈妈的头脑里已经想好了。妈妈一眼就看中了这幅《阿诗玛》，贴在山花上，一进门就能看到，这让全家一年都充满喜庆的氛围。

小山担心如果抢不到《阿诗玛》，妈妈会多么伤心呀。妈妈牵着小山的手，小山也在努力地推着妈妈往柜台前挤，往前挤一点是一点，但轮到妈妈的时候，《阿诗玛》还真卖光了。此时，小山不忍去看妈妈的脸，他最怕妈妈伤心。他还是禁不住去看了，妈妈一向慈爱的面庞出现了少有的沮丧。最后妈妈只抢了一幅《韩湘子》，韩湘子抱着一条大鱼，而这大鱼偏偏是黑色的。妈妈说，这鱼要是红色的就更好了。按照妈妈的审美，屋子里亮亮堂堂是最重要的，而这幅画里黑鱼占的面积很大，明显会影响家里的亮堂。但售货员说了，年画有就先买着，别过两天，啥都没有了。

听说第二天还会进一批《阿诗玛》的年画，母亲没有告诉小山。第二天，天刚蒙蒙亮，她就又去代销店了。没想到刚开门一分钟，《阿诗玛》又被抢光了。正在母亲垂头丧气的时候，她碰到了表姨。两人好几年没有见过了，听说母亲喜欢《阿诗玛》，表姨说她也喜欢《阿诗玛》，她买了两幅，本来给婆家一幅，但婆家正好也买了，可以匀给妈妈一幅。于是，妈妈又跟着表姨，走了十几里的山路，取了这幅年画。

家里买上《阿诗玛》了，这个喜讯让小山、哥哥、姐姐都非常高兴。这种高兴的程度，相当于看到第一辆载着电影放映机的毛驴车来村里放电影时的喜悦。

离过年还有十来天，《阿诗玛》被卷起来放在堂柜里。小山和哥哥实在忍不住，就取出来看。他们展开来看，越是小心就越出错，居然不慎把年画的边给撕破了。小山吓得都不敢上桌吃饭了，这可怎么办呢？这让妈妈回来发现，是会挨打的。姐姐过来帮忙，打了糨糊，从后面给粘住了，不知能不能蒙混过关。

小山默默地祈祷，但愿妈妈别看出来。妈妈为这画跑了多少路呀！

过年啦！对小山来说，高兴的不仅仅是看谁家的鞭炮个数最多、燃起来最响，看谁的衣服从头到脚都是新的，更主要的是可以到各家欣赏通过各种渠道采买的年画。大年初一的清早，一家一家地去问好、拜年，并不是为了大人给装到兜里的糖块，还在于参加一场“全村年画鉴赏大会”：大家去大娘家看《杨门女将》，听说是在二地买的；去二娘家看《三英战吕布》，听说是在倪其营子买的；来我家看《阿诗玛》，是表姨给匀的。《阿诗玛》这幅年画，全村只有我家有，很多村民专程来看。

那个年，那种幸福的光晕笼罩着整间屋子。

张贴年画的时候，妈妈没有责怪小山。是姐姐把画修复得太好了没让妈妈看出来；还是妈妈看出来了，原谅了小山？小山已经记不清了。

回望乡村生活，在饿肚子的岁月里，妈妈紧紧抓住的并不是粮仓的钥匙，而是如年画这样的精神亮点，照耀儿女们穷且益坚。今天，我真想再买一幅当年的年画送给年迈的妈妈，但是，阿诗玛，你在哪里？

二姨家的葵瓤花

母亲剪窗花，要从二姨家拿样子。只记得二姨家的“石榴”窗花是彩色的，不像一般的窗花是单纯的红色。二姨家的窗花似乎是先用白纸做出，然后再染上色，所以格外鲜亮。就像这“石榴”窗花里的石榴有粉色也有黄色，叶还是绿的，中间还有层层叠叠的过渡色。二姨家的各种颜料从哪里来的？是从货郎那里买的，过年期间也有可能是泡一泡五颜六色的彩纸，从而获得色彩的补充。

要知道整个北方的冬天是素色的，山、大地都是单调的赭黄。二姨家的窗花是从整个山川大地中跳出来的，最为养眼，像一块块磁石，吸住了孩子们的眼睛。吸进去的是目光，散发出来的是欢欣。

这年正月，我又随母亲走十里山路去二姨家走亲戚。我注意到二姨家的窗花依然是彩色的，有牡丹、梅花、喜鹊，当然也有西瓜、谷穗等好几种图案。二姨家的窗子糊的是白纸，而不是玻璃，所以贴上各种窗花，再加上原色的木窗棂，有一种装裱的效果。这窗户虽缺了通透，可是有了窗花，就觉得北方的长冬也可忍受。天寒地冻，洗脸水倒到院里就结冰，眼睫毛出门就结霜，但看到窗花，你就会有盼头。春终会自窗外来，花终会在窗外开。

我这次来二姨家，还有一个新发现，二姨家没有买新的年画，可又增加了一件新的艺术品，那就是葵瓤花。葵瓤花插在一个祖传的花瓶里，粉中有白，白中有粉，开得正盛。待到七九河开，八九燕来，春天即会归来，山上的花儿也会归来，这红堂柜上的葵瓤花与窗花一起成为对春的召唤。

葵瓤花是怎样做的呢？向日葵秆的内部有洁白的如棉花一样的瓤，手巧的二姨把葵瓤剪出一片来切开，然后把一半撑出一个圆形，依着它天然的纹理一层一层剥开，层层叠叠薄如蝉翼的花瓣就蓬松而立体地绽开，把粉色或浓或淡点染在花瓣上，最后把这些花瓣粘在一株榛柴枝上。于是花儿就从农人的冬梦里醒来了，呈现出迎风招展、花重农家的意境，感觉花蕊上的花粉都会掉下来。

或许二姨天生是有艺术修养的，花朵的分布疏密有致，胜过天然。而花儿的色彩有些像杏花，又有些像梅花，还有些像城里的海棠花，或者可以称之为阆苑仙葩。我还把头凑过去闻闻有没有花香。花香是没有的，蜜蜂也没有引来，但二姨家的美食香味却正从厨房的棉门帘底部幽幽地传出。

我跟二姨家的二哥到段营子去玩，看看谁家养了狗，谁家养了鸽子。鸽子藏在灰瓦间，凭眼珠的转动你才能发现它，它的羽毛与灰瓦是浑然一体的。而你一旦发现了它，就会觉得鸽子的眼睛转动着，始终在瞅着你，似乎想与你结识。但当你真正捉两只带回玉泉隆，它们只在茅屋的麦秸上待三两天，新鲜劲儿过后，还会飞回段营子。段营子对我来说是一个新奇的世界，它是我们周边村子里第一个通了电而且街上有路灯的村子。有了路灯就可以玩到很晚，但我玩一会儿就急着回家，我还是喜欢在夜里、清晨及黄昏等各种时刻再看看葵瓤花。

我一度端详二姨的手，想看有什么特别之处，却并未发现。她的手指只是累得更弯曲，手上裂纹比别人更多罢了，但是在剪窗花、做葵瓤花这些民间艺术品上，二姨都展现出她的创造力。在二姨的眼中，苦日子可以有，但必须远离枯燥。二姨也许是在灶膛烧葵花秆的过程中有了葵瓤花的灵感的。我在上上下下的村子观察过，只有二姨家有葵瓤花，因为葵瓤花是很不好做的，做不好是没有神韵的。

我是个腼腆的男孩，当年的我是羞于明示我喜欢花的，我只是假装看着镜子，却从指缝里偷偷看着葵瓤花，想知晓人的双手对美的创造能有多卓越。

第二年的正月，母亲又要去二姨家走亲戚，我和二哥争着要去二姨家。到底让谁去呢？也不能年年都是我啊，但我真的还是想去。母亲说，你是不是惦记你二姨家的炖肉了？我当时没有辩解，但今天我想对母亲说，我当时好委屈，我真的不像她老人家说的惦记二姨家的炖肉，只是想再看看二姨家的葵瓤花。

鸭蛋微蓝

我家在村东头，二叔家在村西头，中间隔着一条怀都昆兑河。我家离河远，平时养鸡；二叔家离河近，不但养鸡，还养鸭。鸭子以用扁扁的黄嘴捉食河里的泥鳅为乐，我们几个小童合作都抓不到河里的泥鳅，单只鸭子却屡屡得手。据村人说，吃上泥鳅的鸭子容易生双黄蛋，我们都盼着能吃到鸭子的双黄蛋。

二叔是小学老师，每天学生放学，他就拿一根柔软的柳条顺便把河里的鸭子赶回家。

冬天，二叔每天都坐在煤油灯下批改孩子们的作业。二婶怕他的凳子凉，听说我姐姐有了缝纫机，就拿着春节做新衣服剩下的几块碎布来到我家，想让我姐姐给二叔做个椅垫。

我的姐夫是拖拉机手，姐夫和姐姐订婚后，姐夫给姐姐买了一台缝纫机，姐姐几天就学会了。这大概是村里的第一台缝纫机吧，整个腊月里，姐姐的缝纫机都在嗒嗒嗒地响个不停，做完这家的新衣，又做那家的。

见二婶来了，姐姐赶忙出门去迎，进屋后让二婶坐下。姐姐放下手中正在缝制的衣服，端详着这些碎布。

二嫂说：“辛苦你了，做椅垫是很烦琐的。”

姐姐说：“没事儿，二婶。你这些碎布颜色还是偏素，正好我这有些红的粉的布条，配上正好。过两天做好了椅垫，让小山给您送去。”

二婶回家忙自己的去了。这天晚上，姐姐又找了一些碎布条，把所有碎步剪成三角形，缝纫机的针头在上面呈几何形游走，把它们对接起来，最后再加上花边。姐姐点着灯一直忙到深夜，一个五彩缤纷的椅垫就做成了。这椅垫放在哪儿，都是那么夺目。做椅垫看来很有趣，我一直坐在炕沿，一边玩一边帮着姐姐把这个椅垫完整地做完才肯睡去。

第二天，姐姐说：“小山，给二婶送去吧。记着，二婶给什么东西也别要。”

“嗯嗯。”

我拿着椅垫向村西走去。进了二叔家的院子，把椅垫塞到二婶手里，本想扭头就跑，二叔二婶却怕我逃走，先把院门给关住了。二叔用双手拦着我，等着二婶拿东西。二叔的手好大，长满了茧。二叔是民办老师，他一个人就是一所学校。全村十二名在校生却分成了三个年级，这让二叔给一个年级讲完，就得紧接着给另一个年级讲。二叔一边教课，一边照顾农田，为村子里孩子们撑起了教育的天空。二叔用双手把我截住的时候，一下子把院里的鸭子吓得以为在吵架，纷纷散开。如果真是吵架，我想没准鸭子会前来劝架的，因为鸭子与二叔好，鸭子与我们这些孩童也是河边的熟友。

二婶急急忙忙寻找，不知拿什么好。过了一会儿，她拿着几颗鸭蛋走到我跟前，让我伸出衣服的前襟来。

“我不要，二婶，我姐一再叮嘱过的。”

“小山，不行，你再不接好，鸭蛋就摔碎了。”

我只好伸出衣襟接下鸭蛋，郑重地向二叔二婶说了声谢谢，小心翼翼地向家里走去。

过河的时候，尽管河上有冰，好奇心还是诱使我想要打开衣襟看一看。一低头，木色的衣襟中簇拥着七八颗鸭蛋。鸭蛋壳微蓝微蓝的，在北方冬天的阳光下，显得格外好看，这是我平生第一次看到如此柔和的颜色。后来我在故宫展出的宋代名画《千里江山图》中再次见到这种色彩，想必我当时还小，并不知何谓美术，否则也许会因少时见到的那抹蓝而结缘美术行业吧。

二叔是我的启蒙老师，教会我写第一个字，教我拨动算盘的第一颗珠子。我原来只有乳名，上了学是二叔给我起了学名。有一年，我不小心摔破了头，在家里养伤，二叔就来家里给我上课，说我是棵好苗子。有一次，他去公社开会，专门把我的一个写字本带上，说要跟其他学校的学生比一比。回来后他兴高采烈地说："比来比去，还是汉明的字写得好看。"

四十年后，二叔二婶年纪大了，跟随儿子搬到了呼和浩特养老。前年春节期间，我带着我的散文集《克什克腾体验》去看望二叔。二叔二婶明显见老了。二叔翻阅着我的书特别激动，说即使人生的临终时刻也要抱着我的书。为了不让二叔二婶为我做饭，我专门下午三点去的，但是我一进屋，二婶就进厨房了，怎么也拦不住。异乡的原料，却是故乡的做法，桌上果然有鸭蛋。尽管吃得非常饱，但我还是吃了一颗鸭蛋，依然是小时候的味道。也许是苦日子带来的惯性，家乡人就是这样，你若进屋了，必要吃一顿饭，主人家才会心安。喝茶不算，吃水果、吃点心都不算。

后来居于都市，在超市每每看到鸭蛋，都在那一汪微蓝前驻足，瞬间引一番回忆，生一丝感动，捧一片温情，怀一缕幸福。我想，当下的生活，物产种类繁多，只有沾着故土人情味道的物产，才会真正帮助人们找到逝去的美好时光！

是啊，岁月无情，但鸭蛋依然是记忆中的微蓝……

第四辑

都市记

我们的高楼高耸入云，
但最终成就我们的是从
自然中所获得的东西

三棵白杨树的心地

我家住在楼房的十层，隔着一条马路，对着另一个小区的三棵白杨树，两棵在前排，一棵在后排。从我搬到这里开始，这三棵白杨树就从对面小区的一排排楼房中努力伸出，向我致以绿色的问候。

三棵白杨树的每一片叶，早晨贩运着朝霞，晚上贩运着夕照，没有一日不输送，不管我在家，还是不在家。

突然有一天，我发现它们的气度与城市公园里的杨树是不一样的，从它们的眼神来看，它们三个似乎是从故乡出发专门来探视我的亲戚。

它们揹着干粮，走了多少天，才从塞外来到这都市呢？

春夏秋冬，四季相伴。当亲眼见它们在秋风中落下最后一片叶子，我没有伤感，它们在故乡的时候就是这个样子；而当它们枝叶茂盛的时候，我也并没有欢笑。对于自然的轮回，保持一种从容与淡定，是它们在故乡时教会我的。到如今，似乎感知到我的寂寞，它们又悄悄来到这座对我来说过于陌生的都市陪着我。

由于我来到了城里工作，终于不再像我的先辈那样烧它们的叶子取暖了，也不再吃它们的树皮充饥，那它们来干什么呢，只是为了在我的窗前送上一幅明丽的画吗？

最先叫我起床的往往不是这三棵白杨树的风景，而是落在窗棂上的鸟鸣声。这些鸟鸣声是复调的，是昂扬的，是覆盖在汽车马达声、重车轧路声、喇叭声之上的，这鸟鸣声像一张艺术的网，笼罩着我的窗。这鸟鸣声常载我飞回巨树环绕的故乡，让我想起父母晨起劳作时的样子，母亲起来做饭，父亲去扫院子。而汽车的一声鸣笛让我的心灵霎时又飞回到这都市里，听着鸟鸣，享受肌肤摩擦床单的安逸，提醒自己又将拥有一个诗意的清晨，心里感到无比温暖。忽略空间上的距离，这鸟鸣声是这座都市与故乡最大的相似之处。

鸟鸣如曲，或紧或慢。这众多的鸟儿是从哪里来的呢？很长时间，我以为这些只闻其语、不见其形的鸟儿是从奥林匹克森林公园直飞过来的。

终于，在一个白天，我来到对面的小区，摸了摸三棵白杨树灰白的树皮，拥抱一下它们的身躯，看了看它们根的形态。

此时，我蹲下身，我看到了树下有鸟粪的痕迹。

仰头再看那树。原来，那飞舞在我的窗前、编织着我的梦的鸟，是首先落在这三棵树上的。这三棵树的绿意聚集处也颇像三座鸟岛，让背负着阳光的鸟儿在这里中转，然后飞进喧嚣的都市。

我不用再去细察鸟的样子，我终于感知到三棵白杨树的心地。

第二天清晨，我再一次拉开窗帘，阳光在三棵白杨树上一叶一叶地移动，增加亮度。足够亮后，再闪电一样横扫过去，越过八达岭高速公路，整个海淀区的楼群与树林瞬间变幻成为明亮的山、闪亮的河。鸟儿随着这束光起舞，世界就是这样变得安宁美丽起来！

是的，是这三棵白杨树最先承载了光！三棵白杨树不仅是思念，还是光明与宁静的载体。在这座楼房居住这么多年，今天，我感知了三棵白杨树的心地，终于心安于都市。

趣地

我对居所周边一向是充满好奇的。正如在童年，我会攀到村后的一座山上去，发现树木有精美的树纹，岩隙里有山猫爪印，而在猎猎山风吹拂的山顶，也有贴地生长的鸽子花（珙桐）。当然，老农种在玉米地里的香瓜，也没有逃过我的眼睛。

现在住到了北京，建筑宛若山峰，街区宛若村外的庄稼地，我是不甘心待在家里不去周边进行“探险”的。

我家向东是奥林匹克森林公园，晚上八点去走夜场，不时会有健步如飞的路人从你的身边掠过。而让我着迷的是各种花草树木借路灯投射在步道上的影子，就像一幅幅水墨画。闻着竹香，踏着“水墨画”，走着路，当是越走越有劲的。

我家向南是中国音乐学院，我在自家的小区居住了十年，居然没有进过这座音乐殿堂。偶有一天晚上散步进了校园。

校园里有一道长长的墙，集中展示了中国传统园林中的花窗；窗下是一处精致的微湖，湖畔种植了竹；竹林的长椅都空着，偶有学生们会出来亮亮嗓儿。我想象着他们中哪位是钢琴家、哪位是作曲家，欣赏着他们身上的艺术家气质，家里高高的唱片架上没准哪张唱片就是他们的作品，顿时对他们心生仰慕。

我家附近的高校不仅有中国音乐学院，还有中国农业大学。有一天，应邀在我家西边的一家饭店吃饭，我到得早了，心想农大总会有一两处实验田的，好奇心驱使我走进中国农业大学的校园。四处转转，并没有发现实验田，就要离开校园的时候，发现一座宿舍楼门口有一盆荷花，就顺着往里走去。哇，里面不是一盆，而是多盆，这里用水盆种了好多荷花，宛若一个隐藏在宿舍楼里的水乡。荷花有的绽着，有的正打着骨朵；荷叶有的开着，有的合着。

在这一角，原来也隐着“接天莲叶无穷碧”的长天，尽管有教职工的衣服就搭在这荷花的头顶上。这再次印证了我的猜想，在农林院校里会有更多的植物的，只要耐心寻找。我帮一两片荷叶抖去尘埃，然后就赶去赴宴了。

更多的时候，我坐地铁八号线下来，会路过奥林匹克公园。公园沿着中轴线形成了一条群众展示才艺的廊道，人们在这里唱歌、跳舞、演秦腔、扭秧歌、打太极拳，一派生机勃勃的样子。

有一天加班，坐当晚最后一班地铁回来，发现整个公园已经变得宁静，但月光码头附近还有一群人在轻唱。原来是一位卖艺的年轻人在弹吉他，一些人围着他唱，唱的是些很古老的歌。有一些人还戴着安全帽，像是刚从工地上回来的，有的像是刚刚出门的园林工人，也有的像学生，更有时尚女郎坐在一边。他们就像雕塑一样围在年轻人的周围，哪位唱得好，会让他一直唱下去，大家鼓励着“来一个，再来一个”。吉他前的塑料盆里看样子是有三五块钱的，但到了此时此刻，没有人向塑料盆里放钱了。我猜想这位年轻人一开始是自己边演奏边唱的，到后来他就变成了一位伴奏者，周围的人都参与进来了，比赛似的看谁唱得更好。人们好像忘记了这位年轻人是卖艺的，而唱歌者好像也忘记了他来自哪里。这份暖意柔化了这座城市的棱角，月亮悄悄地升到了中天，云悄悄地凑了过来。

清风，弱柳，歌声，云天，我被这风景迷住了。公园里整体氛围很放松，每个个体也会开放自己的心灵，这就是理想中的从共建到共享的公民社会吧。我在想，那些工人是否就是附近大楼的建设者，而那位被人们鼓舞着的连续歌唱者或许就是中国音乐学院的学生，而其他人更多是如我一样从地铁八号线里出来的加班者。这些与北京有缘的人，席地而坐焐热了的这块石板，就是大家心灵的家园吧。

“菊花开日乃重阳，凉天佳月即中秋”，东坡先生的境界我是难以修到的，但是我坚信出门二里必有风景。我喜欢我的社区，尽管它已显老态，但以我家为中心做全方位扫描，我坚信还会发现更多的趣地。它们或是一家生意并不怎样但却坚守品质的小茶馆，或是隐在居民楼里一对老夫妻开的东北饺子店，或是一个连起城乡两种生活、天天用农用车供应新鲜毛豆和新鲜玉米的菜市场。那个刚刚由万家灯火灯饰城改建成的花园，那些植物长得如何了？什么时候开放啊？那些悄悄开放的牵牛花该不会被园林工人清除吧？刚开通的地铁站里更新了什么样的油画或者海报，海报在传达着什么样的现代理念？

把这些“破案线索”好好地留着，如同母亲存在针线笸箩里的绣花线一样，借着时光的银梭，待我一根一根慢慢抽来。

蔬菜的花

我家住的是新小区，新小区挨着一个老小区，老小区的旁边有个小菜园。每天上班路过，园中的季气性变化都会让人情不自禁地瞥两眼，发出“春天到了”“夏天来了”“又是一年”这样的感叹。

一天早晨：这黄瓜秧居然爬上墙去了。

又一天早晨：长出这么大的黄瓜！不，不是黄瓜，这是丝瓜。“大孙，快看丝瓜。”一个老奶奶抱着孙子站在园外教孙子认。老奶奶当是常做饭的，应当没错。

再一天早晨，着急去单位汇报工作，但也没有忘记在这小园旁分神两分钟：咦，这丝瓜还爬到树上去了，是棵美丽的扶桑树。扶桑本已足够艳丽，而丝瓜花迎风绽放，亦是妖娆多姿。丝瓜花与扶桑花争奇斗艳，这还是我平生第一次看到。

有什么不理解？我们蔬菜花就因为能上餐桌，观赏价值就低吗？不不不，我还真没这意思。低头在这小菜园里随便走走，辣椒花精致洁白，茄子花紫色祥瑞，还有那豆角花俏皮的鸟嘴状，都是那么耐看，让人由衷夸赞。

种园之乐，不仅在于吃，更在于看和品。种植丝瓜的这片地，本是一片荒地，是邻家的大姐辛勤拾掇出来的。从春天开始，就能看到大姐挥汗如雨地劳作，当黄瓜秧、豆角秧疯长的时候，大姐的身影就隐没在其中了。菜成熟了，大姐会把菜摘下来，与左邻右舍分享，大家一片赞叹。是的，不上化肥，豆角是豆角的味，黄瓜是黄瓜的味。有一天，我偶然听人说，这位大姐刚刚把女儿供到上大学，本来想放松享受生活，没料到却查出患了癌症。再想想她气喘吁吁锄地的样子，可能还是真的身体欠佳，而从大姐由菜地里出来端着菜筐时的笑颜里是断然不会读出这些信息的。

再低头看看这些生机盎然的蔬菜花，想必它们是懂得大姐的，为这位大姐而尽情地绽放。大姐吃菜的数量是有限的，想必这些蔬菜花的绽放没少给她带来快乐。

每一朵花皆是有使命的。在人类的蔬菜培育史上，不排除个别蔬菜是先被人发现了观赏价值，进而又发现其食用价值的，据说辣椒最早就是当作花儿来养的，后来才用作调味品。人类往往食果而忘花，并积淀成一种共同记忆，这对于蔬菜花来说多多少少是有些不公正的。

小小的蔬菜花，平凡的蔬菜花，躲在人后的蔬菜花，她们不因被忘记而放弃美丽，不因被忘记而放弃孕育果实的责任，这是一种多么崇高的品质！

儿时曾看到有经验的园丁在种南瓜的时候，总是把开了花的秧用石头压住，以便让这花能抵抗大风稳稳地结果。人在平凡的岗位上像花儿一样绽放，挨住大地，踏实奉献，日夜成长，天长日久终也会成为风景。这就是蔬菜花给我的启示。

驻足园中，拍这拍那，聚焦风景，仅仅两分钟时间，不觉胳膊已全是蚊虫叮咬的疙瘩。不过看看手机里蔬菜花的照片，再获得关于踏实工作的感悟，咬就咬吧，还是值了。

春天的眼睫毛

到单位的培训中心来培训，除了走路，就是读书，很好。

在院里，尽管玉兰花那绯红的叶片已被阳光晒焦铺陈在大地上，但池塘边的桃花却次第开放了，而且开出了那么硕大的花朵。尽管前院海棠树正把其一朵朵绽放后的花隐进玲珑的枝叶，等待变成海棠果，但躲在后院拐角处的樱花却在高调地绽放，朵朵樱花展现着拥挤中的美丽和美丽中的拥挤。更不要说那湖边的垂柳，经裁剪一般，从枝条间投放下缕缕柔情，春风一吹，她代表着大地母亲，轻轻地抚摸着人的脸颊。

人间最美四月天。是的，四月十五日，正是最佳的四月天。离上课还有一段时间，这些院里的景色本来是足以游览的，而我更喜欢到院外走走。喜欢郊外、野外，这大约是出生在草原上的人的原野情结所致。

院外是顺义的新区，到处是新楼房，马路正在铺沥青，刚种下的杨树，把稀稀拉拉的枝叶伸展到蓝天上，更有一种简约的美。

马路总体上是空旷的。我在马路的这边走，在马路的另一侧，一位老人拉着一辆装满蔬菜的两轮小车，蹒跚地走着。他是刚买完菜向家走，一边走一边端详着每一棵树，有时还停下来，摸一摸树皮。在那泛绿的树皮上，他在触摸春天的质感吗？不清楚。

那位老人的走姿还真像我的父亲，也许多数人到老的时候神态都一致。他们是那么龙钟，那么脆弱，但又是那么细心。

上中学的时候，晚上从自习课教室逃出，跳墙到小镇的军队大院里偷看过一场电影，电影叫《红衣少女》（改编自铁凝的小说《没有纽扣的红衬衫》）。其中有一个情节让我印象深刻，就是红衣少女发现杨树的树皮上有一双双眼睛状的花纹。第二天，我再看学校操场上的老杨树还真像长着一双双眼睛，连双眼皮都有。铁凝就是铁凝，她真是把天真少女的心灵写活了。

难道老人也在寻找树的“眼睛”？不是，这树明显太年轻了，树皮上还没有长出眼睛状的花纹。

在马路这边，我看着老人渐渐地走远，一直到拐进一个小区里，看不见了。

我开始从马路另一侧返回，这一侧正是那位老人所走过的。我要看看老人在这树皮上端详什么。我发现了，树皮本身很普通，但在我目光正视的地方，杨树正长出一棵嫩芽，孤零零地只有一棵。你绕着树转，一会儿它就藏起来了，一会儿它又出现了。与一棵树的体量比，这嫩芽是极小极小的，即便是对一株花来说，这嫩芽也不大，不细心的人是绝不会看到的。这便让人感到春树吐绿的“吐”字实在是巧妙，再厚的树皮也容不下这绿意，于是树皮放弃了管制。一片绿叶像雏鸟出壳一样跳出来了，在阳光下鸣叫着，碰到了路人的目光，瞬间便把目击者感染成神采奕奕的人。

别打扰，千万别打扰。我想，与那些长着双眼的老树相比，这些幼树尽管闭着眼睛，但不小心把睫毛给露了出来。

悄悄地离开这棵幼树吧，也许这棵幼树与我们一样，也正在最美的四月天里憧憬着它的未来。因为它毕竟是最有权利享受青春的，它矗立在大街上，有大把大把的时光观察这个世界。

我得感谢那些园艺人员，正是他们没有像院内的园艺人员那么精细，才让这春天的眼睫毛得以舒展，并给匆匆的路人以启迪。

也许老人抚摸观看的正是这春天的眼睫毛吧。

故乡的老人，总说一句话：我已是土埋到脖子的人了，闻着土香了。意思自己要魂归大地了。过去我每每听到这样的话语，总是感到悲凉。现在想想也不必，生命和自然融合得如落叶归根般熨帖，这何尝不是一种更加深沉的生机。人们讲落叶归根，是的，也许在离根最近的地方，人恢复了最初的记忆，让人的眼前除了记忆，还拥有了清零后的归属感及新的远方。

北京的绿化越来越好了，在接近地铁站的地方往往会有小花园。在北京地铁十号线的健德门站附近有一个花园，它铺有曲曲折折的花径，很多上班族对春夏秋冬的自然感知是来自这上班路上的曲径的。在北京，出行最能保证时间的是坐地铁，我每每看到那么多人明显是在赶时间，却总是选择走花园曲径，而不是快步走马路时，都会心生一种感动。

是啊，感谢春天，感谢嫩芽。一路走过，瞬间点亮；片刻停留，刹那感悟。再忙也带上美，这便是上班族的美丽人生！

绿萝三题

花影

周六，美美地睡到上午十点，起来扫地，洗衣服，收拾家。

十点半左右，收破烂的老人会在楼下喊着“收破烂”。

赶紧把家里堆了一周的纸箱子收集起来，用塑料绳一捆，到楼下去卖。卖了五元钱，卖破烂的钱用来干什么呢？没别的安排，当然是买草花。

酒柜上刚刚扫去了尘土，正洁净地空着。我看见不远处卖花的大爷那里有绿萝，就买了一盆回来，放到我墙角的酒柜上。

养了两周，这绿萝便像一条绿色的瀑布，垂下来装点酒柜了。渐渐长出的枝芽，还不断地向远处伸展，像是想和谁握手，又似乎是想拐过墙角，进入画中，与那沙发上画框里的梅兰竹菊共处一隅。

用几个破纸箱换来的绿色，让我的家里充满了生机，真值。用廉价换来的绿色空间我已经很满足了，没想到后来还有更让人意想不到的收获。

又到一个周六，睡醒后扫地，洗衣服，收拾家。

十一点半忙完了，听着班得瑞的音乐，坐在沙发上，喝一杯酸奶歇歇吧。

放下酸奶，在我不经意抬起头的那一刻，就在那酒柜旁的墙壁上，我看到了一幅令人怦然心动的画：秋日的阳光从窗外折射到酒柜的玻璃上，酒柜的玻璃映亮了后墙，那盆绿萝的叶影就错落有致地浮现在白墙上了。太像一幅国画大师的水墨画了。

其诗意之处还在于这幅水墨画里的叶影会随风飘动。

我被这一幅画给惊到了。

拂墙花影动，何须玉人来。

什么叫幸福，何须讨论。在有阳光的日子里见到花影，不就是一件美丽的雅事？

漫射光

民谚："腊月二十四，掸尘扫房日。"扫房日没有赶上周末，但年前总有一天是要扫房的。

响晴天，先把客厅的玻璃擦擦，再把地板拖净，倒一杯茶坐在沙发上歇歇，这是一个人的清静。一个人的清静更容易看到风景。十点钟左右，我看到了屋里光的游走，从窗到地板再到酒柜上，特别是绿萝的花影，吸引人一路追寻光的旅程。

外面是朗日，屋里头最初的光是从窗子进来到地板上的，地板又折射这光到栽有绿萝的花盆上，接着就把叶之影用水墨笔法描绘到洁白的墙壁上，纤毫毕现。我曾多次在打扫房屋后端详绿萝，最初只发现叶影之美，这次又有新的发现。

我发现这绿萝长得枝枝蔓蔓，长长的，用十年的生长实现了绕屋顶一周。之所以如此旺盛而持久，或许是与它所放的位置有关，它被置于酒柜之上，恰好接收到地板上泛起的漫射光。

这是我们始料不及的。放在阳台上，太阳直射，绿萝会晒焦，而完全没有光，绿萝也不会长得如此旺盛。放到酒柜上，每天上午享受地板上泛起的漫射光，光的强度刚刚好，时长也刚刚好。看到绿萝的葳蕤之态，我们常常只感谢阳光与水，泛起漫射光的地板，被我们忽略了。

从窗户到地板，再到花盆之上，这颇像我们的传统文化，必须经由现实生活的折射才能最终投射出美来。

而我探究光的起因，就要从早上的擦玻璃开始。窗子是屋宇的眼睛，窗子干净了，地板洁净了，才会有光的起舞。我们的祖先用腊月扫房日这种民俗，告诉了我这样一个道理——人只要劳作，就会受到神秘的启示。而对我来说，民俗颇像一封从远古邮来的信件，它用诗意的话语叮嘱今天劳作后的我，不要仅仅感激太阳的光辉，生活中漫射光也是光。

喜相逢

生活中不一定需要狂喜，有时，淡淡的喜悦就好。比如今天早晨，举目看到客厅里的绿萝的两条枝蔓经过十年的行走，得以相逢。它们彼此克制着表达，但不可克制的是它们即将拥抱的姿态，暴露了它们经年累月的期待。

十年前的一天，我买了这盆绿萝。我起初不懂得它的性格，把它置于阳台上，任其风光，晚上回来发现它险些被晒死。我把它置于酒柜之上，在这角落里，它居然安心了。它纷披下绿色的瀑布，直至地面。我和夫人沿屋顶的四角为其架了线绳，任其攀爬。于是一枝向南，一枝向东。当时想，这两条枝蔓本是同年同月同根生，此次离别何年何月才能相逢？客厅本不大，但这个屋顶对遵循自然法则的绿萝来说，当无异于万里长征。

偶尔又见它有黄叶落下，是怯懦了吗？

不！大约过了三年，它们爬过了相邻的墙。大约过了八年，它们向同一面墙进发。我们一家出去度假时，给它配备了滴灌的水瓶，饮完后它们会打蔫，但我们回家一浇水，绿萝马上雄姿英发。岁月匆匆，而英勇的绿萝一直在坚持行军。

为何偏偏是现在得以相逢？

有多年不见的朋友，当年印象并不深，却没有彻底遗忘，一经接通电话才知道，彼此依然是那么默契。

人生最美是相遇，幸好在今生就遇到了！

抑或这一切收获，包括情感，都要经过角落里经年的积累！这是天底下劳作者心心相通的基础。

不要小看植物的意志，亦不要低估自然的暗示。

穿过梅兰竹菊四幅小画，绿萝即将庄重地拥抱。我家里有梯子专门侍弄这些花草，但我不想用人力，我要见证其自然拥抱的姿态。这拥抱是发生在清晨还是无人知晓的深夜呢？

遐思间，阳光照进屋来，绿萝的叶片泛着光，每一片叶子仿佛都猜到了我的心思，于是我们一同沉浸到淡淡的喜悦中。

飞动的曲径

敲开润园湿漉漉的门，园主在外办事尚没有赶回来，我们一家三口便先登一登润园的山。

初进润园，只见高大的杨树从深潭里长出，树干挺拔的中部正对你的视线，让你感到树林威武雄壮。从潭底各有两条曲曲弯弯的石径延伸到平地上，连缀起竹林掩映着的凉棚、木屋及场圃正中的一株五角枫，又向东隐去。

向东望，有一座不高的山丘。你细看，会发现两条曲径藏于竹林绕至山后便不见了。而行至山后又见那曲径通往山顶。顶部有一个亭子。亭里观五面，五面皆是景，山居图画随花香果味一一变幻。

沿山丘的曲径下来，后面还置着一套石桌石凳。因有山丘阻隔，故与亭上之人可各说各话而互不相扰。石桌石凳的对面是一座搭石构成的溪桥，溪桥似乎是润园意境的中心，游人可自此通往各处妙境了。

而对我们从山下而来的游人来说，这妙境是何地呢？就是对面的果山了。

此时，园主先邀的客人已在山上，喊我们上去摘杏。本来以为很远，没有几步就看到几棵杏树被黄澄澄的杏儿压弯了腰。鸟儿是识杏的高手，鸟儿啄过的往往最熟最甜，而鸟儿啄过的杏儿依然有很大部分可以吃，与鸟儿共餐未尝不可吧。

沿着曲径向山上走，一层层台地上长着枣树、梨树、柿子树、栗子树、李子树、核桃树、山楂树等。果子看来是摘不完的，去年的栗子还在地上。我不满足于观察一株树，我想满山跑跑，撒撒欢儿，就像儿时那样。一会儿，家里人就找不见我了。在我看来，这山上的果林里隐藏着多条曲径，而曲径连着的则是由任意几棵果树所构成的不规则形状的阴凉地，每一处都足以构成一个洞天，供人坐下来遐思。

一层台地一重天，人往山上走，天地渐开阔。到了山顶，发现山顶之上是可以看见大湖的。湖畔的苇草也长得很茂盛，有人在钓鱼，湖上游弋着几朵轻云。

这时，园主也上山来喊我们用餐了。我沿着山脊向下走，没想到半山处还辟有一处小菜园，由园主的亲人种植着，玉米、黄瓜、豆角、大葱、大白菜都长得旺盛。黄瓜的嫩须抓住扶手，节节攀登。在山风中现场品尝了一根黄瓜，确实是很甜的。后来想想这片菜地有点像随湖上的白云飘过来的故乡飞地。

菜园旁边就是一个鸡舍了。

我们在凉棚下品尝着内蒙古地道美食，远处一只鸡叫个不停，似乎在向客人强调盘里的鸡蛋是由它下的。

园主是内蒙古人，此次来客皆是老乡。与园主交谈方知，在丘山之上随手撒下了故乡野花的种子，这就是我们能在润园看到童年的石竹花的原因。菜园里所种的菜籽也大多是从内蒙古带来的老菜籽，所以我们能在润园看到笨豆角的身影。

园子门外是湖，而园主姓王，故园主命名此园为润园。湖水旺了墙上的藤萝，藤萝旺了花园，花园旺了园主的心，园主的心又旺了果山，果山之巅又旺了大湖，生活就是回环往复。

心盛则兴。园主本是一名乡村教师，后发奋学习，相继在北京大学、哈佛大学、斯坦福大学读书，一直读到博士，成为著名大律师，事业有成，在北京养得此园。听园主说，他爱恋此园，忙完一天的工作，他常骑自行车四小时从国贸回到自己的园子。好的园子就是园主心田的写照。在凉棚下听着园主讲过去的事，感受着园主自强不息的心灵与守望故乡的情怀，觉得刚才还匍匐着的曲径仿佛瞬间在潭底到高山之间开始飞动起来了。

品酒与品茶之隙，我重新步入园中品味曲径。我突然感到润园曲径是倔强的。润园曲径多铺着天然的石头，它是相对狭窄而曲折的，它的气质是决不会诱惑你停下来的，而是引导你一直攀上去。

如果航拍一下润园，会明显感受到竹林果叶间，润园曲径是一直依山而上的。它的曲是为了紧紧地依住山体，而其目标是一直向上的。对山顶这个目标来说，曲径几乎是直的。

人人都有自己的曲径，这曲径让我们在有限中感受着无限，顿挫中感受着顽强，渺小中感受着博大与温存。

溪怕失水，竹怕严寒。园主在经营律师事业的同时为养润园也付出了巨大的心力。园主看到自家幼童种植的豆角已发出新芽，颇感欣慰。

离开润园时，我女儿摘的几颗杏儿忘记带上了，这杏儿这几天正好吃，这让她多少有点惦记。回家后的第二天，她画了一幅小画。

在我看来，润园的果菜固然是甘甜的，是带着家乡的气息的，而来润园能上上下下、曲曲折折地尽兴地走走曲径，这对我来说确实是一种精神上的鼓舞。

感谢飞动的曲径，让我们从逼仄处起步，最终一步步看到了万里云天。

一半风景归风雨

熊先生的园子叫缘园，位于都江堰市郊。园子不大，但却是朋友们到都江堰必去的地方。即使匆忙间无暇住下来，与熊先生坐一坐、喝一杯清茶也很好。

第一次去，因飞机晚点，是夜晚去的。园里很静，灯火之中，先记住了园里熊先生精心准备的正宗川菜，然后就在归真亭闲坐，在净心亭品茶，听着野鸟的鸣叫，闻着满园的植物的香气，还真是一种享受。

品茶时，自然有茶言茶语流露出来。

“为什么叫归真亭？”

熊先生说：“世上没有什么力量比‘真’更强大的了。”

“为什么叫净心亭。”

熊先生说：“人世间心灵的安静很容易，干净却很难做到。”

第二次去，时间从容。熊先生本来正在修剪园林，洗去手上的尘土，领着我好好地转了下这个园子。原来这个园子的妙处不在于种植一般的花草树木，而在于园的深处养着许多盆景。

熊先生说：“人干什么都得有实力，盆景就是我这园子实力的证明。”

对我这个北方人来说，园林都进得少，更别说观赏盆景了，所以这些盆景让我驻足良久。或飞松，或微榕，或青苔，或逸草，每一个细节都是耐人寻味的。人们把盆景誉为“立体的画”和“无声的诗”，这次我是真的体会到了。

我思忖间，熊先生信手移来一对老翁瓷雕，或放于山崖，或立于渔舟，瞬间，就把你的心拉入角色了，我已然成了那老翁之一，仰望着高山寻鹰。回头一看夫人不在，恨不得立马把我的夫人找来扮演一番，快快进入这画中的世界。

熊先生穿着一双胶鞋，这样更便于蹚泥下水。这园里的园艺工作熊先生是绝对舍不得让他人来做的，熊先生就是园艺师，做园艺师是他十岁时就有的梦想。

信步园中，只见熊先生用脚尖碰一碰地上的一丛小草，小草紧紧贴着地皮绽着芝麻大小的绿叶子，熊先生说：“我盆景里用了很多这样的草。”

原来，在我们看来是杂草丛生的荒草园，在熊先生看来却是取之不尽用之不竭的奇异地。这草看上去很普通，在北京随便一个地方也能看到这种贴地草，熊先生却随便采两株贴到那盆景中竖立的岩隙里，岩石马上就像被吹了口仙气，换了人间。

这时，你若蹲下身来看，会发现在芭蕉叶下，棕竹叶旁，都是熊先生种的盆景。平畴交远风，良苗亦怀新。一个一个的盆景如良苗一样生长着。你可以尽情端详，总有一款意境适合你，喜欢雄奇有雄奇，喜欢恬静有恬静。

我后悔第一次夜里来时的贸然，汽车该没有压倒一株芝麻草或者一棵小绒柏吧？因为这园子的角角落落包括每一个小栅栏居然栽植的都是盆景用草木。我终于知道这个低调的园子精致到何种的程度，也许整个园子就是一个大盆景，而盆景中又有盆景，从而让缘园形成了一个有趣味的大千世界。

“这些盆景出售吗？”

“不出售。”

“那干什么？”

“养着玩。”

“这些盆景，您是先画好风景图才开始养吗？”

“决不，我是边观察边养。”

我们听了哲学课才会说的天语，熊先生却随口即出。他说：“我要通过园里盆景，感悟生命、珍惜生命、享受生命，通过发现大自然的美，开掘人生自有的美。你说对于用来感悟生命的东西我能舍得卖吗？人生有三个空间：生存空间、发展空间、视觉空间。睁开眼看到美，这对古人的生活来说是非常重要的。我每天美好的心情都是从睁开眼那一瞬间开始的。”

缘园里有两处居所，一处自住，一处客居。熊先生的房讲究推窗见景，餐厅也是，一扇门两面窗还嫌不够，另有一面墙也是可推拉的，推开就可见景。我想大概熊先生陪客人吃着饭，也会想念他的紫薇树，趁客人品酒时，他也要偷看一眼他的紫薇树在月光下有多美。

诗情画意惹人醉。熊先生的朋友许多是文人墨客，会受园中风景的启发，给他送上即兴创作的书画作品。在他的卧室放着一副对联，这对联得连缀起来读才能读到其妙处：幽幽青城青幽幽；滔滔水堰水滔滔。这样一副对联，即把青城山、都江堰等名山胜水纳于屋内。

熊先生自己设计的房子是三合院，为了最大化地亲近自然，两房之间是通透的中堂，背景是竹林，友人还用竹叶般的字色字体为他题了一副对联：世长势短不倚势处世；人多仁少当择仁交人。我去过园子两次，熊先生给我讲过两次，想必他是非常喜欢这对联的。实际上我也非常喜欢，每次均能温故知新。

熊先生的房里有许多精妙的“暗器”，比如藏于屋角的梵音铃，你敲一下，那声音足以绕青城山一圈儿，半小时才回来。

不出园，即在仙境。看到熊先生对着明月摇动梵音铃，你会突然感悟，青城山里的仙气出岫之后，原来都被缘园里的梵音铃收入铃内了。

“记得先生的雅号叫小小真人。”

熊先生说：“是，小则意味着终究会有大。”

夜深了，风刮起来了，要下雨。

“熊先生，不用把你的盆景移到棚里吗？”

“不，一半风景归风雨。”

清早起来看，果然熊先生的盆景上又有来客定居：一根草，半片叶。就这样，熊先生的盆景不仅增了生气，还增了野气。

篱笆画格　灌木写诗

园主家温顺的金毛犬被邻家性格暴烈的犬咬伤了，园主人非常心疼。金毛被咬到了颈部，缝了七针。园主带着养伤中的金毛，天天早晨沿着篱笆散步。

这园本是个桃园，桃子好吃，而我却不仅仅喜欢这里的桃子，更钟情这长长的篱笆。篱笆是竹篱而不是铁艺，彰显了园主的趣味。

竹篱已有几年光景，不那么有光泽了，好在蔷薇已经长大。今夏，几场雨过后，通过葳蕤的篱笆，我们能感受到蔷薇守望之责的觉醒。它们细密如织，长成一面面绿毯状的墙，不想让一只调皮的猫缩身跳进园去，而园里的风也别想吹过来。春天的时候，蔷薇是立体地悬生出繁星般的小花的，与金叶榆共同撑起一片绿荫，让这室外的茶亭里风伴着花香。

如果我们仅仅把蔷薇说成墙，那就太不理解蔷薇的美了。这篱墙上的蔷薇有密，有疏，有高，有低，走在这样的篱廊里，眼前的景观便自然呈现出不同的节奏，让人想到中国书画的意境——疏可走马，密不透风，画山不画水。

如果说竹篱是出色的工匠，那么蔷薇则是绝妙的装潢设计师。竹篱用简笔勾勒出一个个菱形的取景框，蔷薇则用它的长须工笔描绘着每个取景框的边缘。于是在小径停下脚步看田园，一菱一世界；而从田园里看外面，则是一屋一天然。蔷薇与竹篱互相交织，这便是天与人分工协作共绘美景的美妙。

园中，矫健的玉米、率真的大葱、烂漫的马铃薯花、青青的苹果枝，哪怕是一个架上的丝瓜花，乃至一滴露珠、一张纤细的蜘蛛网，如果我们放在竹篱蔷薇的取景框中再看，都会感受到它的仙趣。因为这景观像是人力加天力，一针一针绣出来的。

篱笆既有隔离保卫的作用，又能通风透景，我们往往关注美景本身，而外围对于中国园林之美又是那么重要。对于篱笆的妙处，古人早已识之。宋代刘克庄《岁晚书事》有曰："荒苔野蔓上篱笆，客至多疑不在家。"清代陈维崧《浣溪沙·偶憩清和庵即事》曰："垒石缘流一径斜，寺门幽似野人家。西风黄叶响篱笆。"

园里还有两道长篱，中间是甬道，一边种的是月季花，另一边也是月季花。这些月季依偎着竹篱自然生长，多数凋零的花朵与雨后新绽放的三两朵花相应存在，让你感受到生命在个体中呈现的顽强。

这兄弟桃园的篱笆，不仅有蔷薇护卫，还有牵牛花和疯长的不知名的野草，偶有小杨树苗也长出来，加入这支绿色的大军。各种植物须向天空伸展着，往往是某个植物才伸展出一个问号，那边的牵牛花已绽放在高高的墙顶之上了，今天的纤弱定将变成明天的刚强。于是竹篱未变，而绿色的长城在一天天长高。

春夏秋冬，日月更迭。竹篱看上去有些老了，但新花在成长，茶亭边的新竹也在叠翠。

篱笆画格，灌木写诗，生命有时活的是一种依偎。是啊，就这样慢慢地走啊走，金毛痊愈了，茶园里的笑声多了，桃子红了。

木屋上的云

沉沉地睡上一晚，一觉醒来，目之所及是钢筋混凝土还是质朴的原木的金色纹理，会开启截然不同的一天。

如果不想下床，就可以对着满屋的木质纹理，闻着木的香气，借着窗外湖畔的蛙声遐想：哦，上一次住木屋是何时？

当然是童年。那时躺在一株崖壁上横斜出的杨树上入睡，树当床，一片片手掌大的叶由枝连缀起来就是自己的棉被。你不会有从树上掉下去的担忧，因为树干足够粗壮，连同那几个主枝像外婆的手稳稳地托举着你的身躯。

你想起来的或许不是这些，而是那些。那些是哪些呢？比如想起一九七六年的防震棚。你和大人一起躲在一驾马车下睡觉，清晨在淅淅沥沥的雨声中醒来，看到的就是这样的木的纹理。那些木有着如眼睛一样的纹理，有着不完美的颜色存留而呈现出来的完美。当然马车的纹理与加拿大杉木木屋的屋壁相比是粗糙得多了。

这些年到一些景区去体验生活，也看到了不少木屋的景致。

木屋与花海是和谐的，薰衣草、格桑花、芍药花、油菜花，还有朴素的打碗碗花、苦菜花，它们将木屋的窗外装扮成迷人的风景。似乎这些花草与木屋是老表亲。

木屋与森林是相映的，杨树林、柳树林、核桃林、竹林，它们把掩映下的屋角变成了风景。如果说花草是木屋的老表亲，那么木屋与森林就是亲兄弟。

木屋与蒙古包的关系是紧密的，蒙古包里的一根根格子状的哈那本身与木屋就有一种天然的亲近。

木屋与书也是相关的，因为木材是他们共同的祖先，一个负责栖居，一个负责诗意。

木屋与儿童是伙伴的关系，孩子就像觅食的小鸟一样，对每一个细节都感兴趣，他们特别喜欢用梯子爬到逼仄的顶楼上去玩，只有这样才能感受到用自然藏住自己的乐趣。

木屋特别招阳光，木屋里的阳光特别有解析力，它把你床单上的花都能照得活络起来。木屋里的窗子多，再加上木墙的映射，到处有着阳光，阳光与你一起争夺着这有限的空间。只要有了阳光，你就发现生活并不缺少什么。

住木屋是在过一种简单的生活，有足够的阳光照射进来，有一张床供自己发呆就够了。

住木屋是在过一种小巧的生活。我不喜欢大的木屋，我想古人是更有情致的，他们设计出了架子床作为卧具，一张精美的架子床相当于是一间小木屋了。倘若雕着花，还开着月亮门，便生出许多浪漫来。过大的房子也许会对人的气血有影响，我们在承德避暑山庄看到，即使是富贵如皇帝，其卧室也设计得较小。

住木屋是过一种有味道的生活。闻着木屋的香味，顿时睡得香了。

树木是地球上高大的站立者，他们是高贵的植物。生活在树木中，人也体会到自身的一种高贵。

木屋住得久了，你的生活会生出许多趣味来。星期天坐在木亭里，几位朋友喝着茶，可以什么也不说，只是看着木屋上的云。

这云，一会儿像天鹅出水，一会儿又变成双凤展翅，再后来就会变成一幅后现代的画了。你想起什么，云就为你变成什么……

一些不理解的事情，瞬间就理解了。

我们会想到工作给人带来了尊严，却较少想到休闲的价值，正如刘震云所说：废话里的信息量恰恰是最大的。

此时低头看，茶杯里的绿茶也变幻着，一会儿变成哈达，一会儿变成舞女起舞状。香味飘散过来了，一时间你竟分辨不出这是远方草原上飘过来的奶香还是茶香，或是木屋里弥漫而出的木香。

紫藤架下的下午茶

北京的这个周日太阳朗照，头顶有蓝天，就有了出游的兴致。微信里问一问，四季果庄的园主是否在。在与不在，我都打算去转一转，因为看到园主在朋友圈里每日发的果庄照片，让我很早就对果庄心生向往。

出城不远就到了果庄。两边是次第排列的温室，沿着中间的土路走着，葡萄藤的新叶与枝蔓，连同刚刚结成的米粒大的葡萄一起，打量着我这位新来的客人。

在路的尽头有一个竹木搭成的凉棚，棚上爬着紫藤，紫藤尚未长满，正好让斑驳的阳光照到一张简朴的茶桌上。茶桌由一些木条搭成，上面用一块较厚的塑料膜盖住，结实耐用。一下车，已见园主端茶出来。这是我第一次见到园主，园主是一位农学硕士，脸晒得很黑，穿着格子衬衫。

园主并没有让我先转园子的意思，而是同我坐下来喝茶聊天，讲他这些年为园子所付出的心血。先喝的是信阳毛尖，与之适配，端上来的是一盘红葡萄。阳光的投射让盘中的红葡萄闪烁着神奇的光芒。

一会儿，信阳毛尖的茶味淡了，接下来换上的是普洱。与之适配端上来的一盘黑葡萄更加小巧，名为爱神玫瑰。采摘客们从茶桌旁边路过纷纷问园里是否还有这种葡萄，园主答已被采摘光了。

与大田相比，园里的葡萄提前了两个月上市，而且味道甚好，这让人不得不惊叹科技的力量。

“农业是不是很难做？”

“是的。没有科技含量就会与广大农民产生竞争，有了科技含量，价格太高，就会曲高和寡。这个度得琢磨。”

“葡萄一串一串地卖钱，是不是太辛苦了？”

“这是我的专业，也是我的爱好，我还在乌兰察布办了个养鸡场。”

“这些都没有一分贷款？”

“没有。”

“那你做得还是很成功的。”

“赚的也不仅仅是钱，如果不是有这个园子，也不会有这么多朋友来。现在已经有朋友想到我的养鸡场去看看了。”

这时，一阵清风吹来，把紫藤叶吹到我的脸上。桌上的葡萄已被吃光，园主又把小西瓜从棚里摘出切好端上来了，吃起来也是甜丝丝的。这时，我便不再拘泥于茶桌的朴素，而是体验着一种低调的奢华。在紫藤之下依次品园中鲜果与香茶，还真是别有一番味道。换一种水果，就会产生相应的话题。

“这鲜果有很多人喜欢。”

“是的。北京有一些并不在意价格的人，他们只管好吃，有的人会坐着飞机专门去日本吃草莓。”

“如果在咱这里采下鲜果，在这藤下现场品尝也是很有意趣的。”

“现在这环境还有些简陋。我是学农的，主要是侍弄植物，客户体验上还得大家多指导。”

“大小有个园子，虽然身居城市，也会多一份归属感。”

“是的。在园子里可以充分地体验自然法则。”

“什么是自然法则呢？”

“比如这紫藤，我一般不用园丁做，我自己登上梯子来修剪。每次出差回来，你都能看到它由小到大的变化，坐在下面一抬头，头上的天变得越来越小，叶子变得越来越多，这就是乐趣。”

“自然法则还包括什么？”我的职业病又犯了，总想自己不去亲自体验，而获得对方的独特体验。

“自然法则包括：大地不会欺骗你，你只管付出，作物就会诚实地生长。春种秋收，你对植物好，植物就会展示出它的神奇。植物尽管也有感知，却没有那么多心机，它就是守住自己的心。做农业就得陪伴植物，得有耐心。很多搞房地产的人转做农业，做几年就做不下去了，他习惯于赚大钱、赚快钱，在农业方面往往看上去热心，真做起来就失去了耐心。”

“那看来做农业同时也是修身养性的过程。”

“至少会加深人对天地万物的感知。植物是一天一天地长，自然法则就要求植物经过长期的积累，然后迎来一个爆发，人类将之称为收获。如果你有一天看到紫藤架全开花，就会有一种成就感。”

“如果用你的果园换一套别墅，你换吗？”

“不换。北京黄金地段的一平方米房子就可换一个西部的农场，但很多人不愿意这样做。人就是各有各的想法。”

“对我来说，一平方米房子就可以换来一本散文集的出版，我认为这一本散文集的出版比站在那一块水泥地上的感觉要好些。”

“是的，要么怎么说物质消费时代结束，精神消费时代全面到来了呢。也就是说，做农场和果园，不能仅仅盯住其产出物，它还能给经营者带来好多附加乐趣。比如在这紫藤下喝喝茶，其感觉是不是并不比城里那些高级茶馆差多少？”

“人在五十岁之前大多为生存赚钱，五十岁时会稍有些余钱。五十岁如何分配自己的余钱，决定了自己成就什么样的人生。”

“太对了！我的余钱就是不断地用在建农场上，让爱好与职业越来越重合。我花我由劳动赚来的每一分钱都感到骄傲。”

园主一边陪我们喝茶，同时照看园子。看到采摘的人多了，他就会叮嘱旁边的园丁“少量多次，不要把园子伤着”。我们聊得多么投入，也不会妨碍园主用眼睛的余光监管着他的园子。

这时，园主又有一对朋友来，我急忙让开茶座。终于找到了一个可以四处转一转的机会，我走进了葡萄园。

葡萄园里的葡萄已经成熟，一串串葡萄，就像幸福本身一样充满诗情画意。我的书房有一幅国画是《硕果图》，鼓励我努力创作，结出硕果。来到真正的葡萄架下，看到阳光把葡萄打亮，同时又把葡萄的样子投影到地上，我似乎明白画家最初的那种创作灵感来自哪里。一个好的园子就是用果实来回馈大地给予的恩惠。是啊，这里的每一颗葡萄都用自己的风采赞美大地的神奇。好奇心驱使我蹲下身来细看这农学硕士经营的土壤到底有什么奥秘。我抓起一把土来看，也就是普通的土。原来每个人的脚下都是取之不尽的大地，但只有科学与勤劳才能真正唤醒它。

葡萄架下似乎是举行过书画家创作会的，有书法作品挂在墙上，与葡萄园交相辉映。有一幅书法作品写的是“应时 取

宜　守则　和谐”，大概说的也是自然法则的哲理，只是还缺一幅《硕果图》。

园主安顿了新客人吃着鲜果，又进园里陪我继续观赏。

“这葡萄园太美了，真没想到。你刚才说的自然法则，是不是还包含着意外的惊喜？”

“是的，大地有时候给你的比你设计的还要多得多。”

“大地很会跟人捉迷藏。记得小时候，在生产队刚收完的土豆地里，我和姐姐又用铁锹挖了一下午。遗漏的土豆最终没有逃过我们的眼睛，我们又挖到一口袋土豆，真是太好玩了。”

“是的，我小时候在生产队收割完的麦地里，从一个个田鼠洞里还能挖到一大捆麦穗背回家。田鼠也很聪明，一只田鼠会平躺下抱着麦穗，另一只田鼠负责拉着这只田鼠进洞，我亲眼看到过，特别有趣。”

“植物与动物一样，都有它的智慧。我曾用卖废纸箱的钱买过一盆七里香，它一直半死不活的，但是当我有一天早晨收拾家正准备要丢掉它的时候，发现它却绽开了花朵，整间屋子里都是它的花香，让我感慨不已。”

我们又回到茶桌，新来的朋友是做酒店管理的，讲了讲日本农庄的做法。我们谈园子中间的道路，就如何既不改变乡土气息，又能让城里人的皮鞋更加洁净展开了讨论。这个话题如果展开，是可以讨论到深夜的。

我们还聊到如何进一步强化果庄的品茶功能，一个没有茶桌、没有朋友陪伴观赏的果庄，其功能一定是不完备的。而园主告诉我们，这茶桌不是买的，去年有关部门责令他拆除园里的木地板，他不能违抗，又不忍心丢弃这么好的木板，就亲自动手用木板制作了这茶桌。原来，这园里的一草一木都凝聚着园主的心血。

园主不但种园，还为一些农民提供力所能及的科技服务。比如为家乡的一些甜菜种植户提供增加含糖量的方案，从而使这些农民能继续以种田为生。轰隆隆，一架飞机从头顶飞过，让人感到这小小的茶园也是大北京的一个组成部分。园主有着很强的责任感，他说如果连北京近郊的果庄都经营不好，那说明要么是经营者业务能力不行，要么就是农业实在太难做了。这个采摘园能让更多的孩子从小就喜欢园艺劳作吗？反正中国需要更多像园主这样在角落里做实事的人，用自己的劳动既兼顾了自己的生存与爱好，也满足了他人对园艺生活的向往。此时再回看那张紫藤架下摆放着的小小茶桌，劳动、时光、四季、科学、幸福这些符码似乎正随茶的香气飘散出来。

我在想，我们不该强求园主借蜂拥的人群来办茶园与咖啡厅，让他专注地种好葡萄，沉迷于果园里果子的栽培，这已经足够了。因为我逛完整个游乐区，目前他的葡萄园是最富有生机的亮点。它让我们了解到葡萄是一种美好的植物，启发着每一个有着古老农耕记忆的民族成员，重新思考自然的法则。

不知不觉，下午五点了，园主不得不回家送儿子返校。我们约好了，等紫藤花开的时候，再在藤下喝一次茶。到那时候，读者朋友，你也来吧，让我们与紫藤及届时成熟的鲜果一起继续揣摩自然的法则。

柿林的心事

一对老夫妇在马路边铺着一块小毯子，席地而坐卖柿子。金黄的柿子堆在地上，柿子堆边还放着两个南瓜。

一辆宝马车在路边停下来，一家三口下车来买柿子。

“这柿子太好了，我还是第一次见到这么好的柿子。”

车主掏出二十元的钞票，买了一公斤。

“找你钱。”

“不用找了。”

“那我们送你两个南瓜。这南瓜可好啦，是我们家种了留给自己吃的。”

农夫把南瓜给车主放到后备厢里，车主一家正准备返城。“妈妈，我想去采摘。”车上的幼童这时发现了马路旁边杨树后面就是漫山的柿子林，黄澄澄的柿子像童话书里树娃娃的眼睛，亮晶晶的，吸引着他。

“可以采摘吗？”

“可以。”

“那正好，这次秋游还没有找到采摘的地方呢。”

幼童拉着妈妈的手迫不及待地闯进林里。

一棵棵柿子树，就像一座座丰收的果山耸立着，不小心就能碰掉一个柿子。柿林互相掩护着，似乎不忍心把它们的果实让游人分享或者碰伤。面对高高的柿子树，幼童只能仰望。农夫移过梯子来，爸爸扶着幼童采摘。

为了获得更丰富的体验，幼童换着树摘。摘了一棵又一棵，喜鹊躲开一树又一枝，一会儿幼童就摘满了一筐。

“爸爸，真好玩。”

“你高兴就好。”

幼童玩高兴了，开始由妈妈陪着。车主开始在这柿林里散步。

秋日的阳光洒在地上，如碎金散银。车主在柿林的掩映中看到高台上有一间简陋的木屋，这对老夫妇平时就住在柿林里。木屋窗台上还放着两个圆圆的南瓜，被太阳晒得多少有些褪色。有一条黄狗趴在阳光下，这狗看见生人会有意无意地叫两声，算作对主人的尽责。

车主继续走，向柿林的深处走。两棵高大的柿树紧紧挨着，似乎隐藏着什么。终于没有藏住，是什么呢？原来柿树的后面是一棵沙果树，整个林中只有这一棵沙果树。深秋了，只在树尖上有果，果子滴溜儿圆，绿叶掩映中的那一颗颗沙果色彩是那么华丽。

“老爷子，这沙果卖吗？”

“不卖。”

“十元一斤？”

“不卖。”

“五十元一斤？”

“不卖。”

“一百元一斤？”

“不卖。”

“为什么不卖呢？我小时候吃过这种果子，冰糖心，特好吃。你卖我点儿，我以后带整个公司的人来你这儿采摘。”

“不能卖，这与钱没有关系。我儿子、儿媳和孙子一年只回来一次，去年儿媳回来看到沙果都卖了，生气了。我上面那沙果是给儿子和儿媳留着的，树尖上那五六颗给孙子留着呢，他们再有几天就坐飞机回来了。”

农夫摘了一颗沙果用手擦了擦，送给幼童。车主笑笑，释然了。他拿出钱包，结了采摘柿子的费用，拉着幼童的手准备走。幼童玩得正高兴不愿意走，左劝右劝终于上车了，车主一家离开了黄澄澄的柿林。

风中，树尖上的沙果粉红粉红的，骄傲地立着，似乎在庆贺着它们没有被摘走。

柿林再次关上了它的山门，它们像威武的御林军一样继续实施着掩护行动。它们心想，一会儿主人该不会责怪它们没有执行好掩护任务吧？因为它们知道，尽管那树尖上的沙果很少，却藏着园主家一个爱的期待。

撂荒的草莓园

“大姑，你们快来吧！我们邻居的草莓园撂荒了，他们两口子回去给弟弟办喜事了，已经二十天给草莓没有浇水、没有喷药、没有施肥了。你们快来采摘吧，明天他们就要回来翻新土地种新菜了。”

侄女打来电话，我大姐听了，吃过早饭，组织两辆车的家人出发了。干什么？去采摘。在车的后备厢里，塑料盆、泡沫箱一应俱全，真是声势浩大。

到了目的地，侄女手指大棚，整个队伍就进驻了阵地。似乎是城里一周的楼房生活过腻了，劳动，只有劳动才是人的解脱。进了大棚，如同生产队干活时一样，一人守住一畦垄，从这头到那头，开始采摘。

整个草莓园哪像撂荒了二十多天，分明是郁郁葱葱、生机勃勃，到处都是鲜艳的草莓。一颗颗红如宝石的草莓悬挂在垄边，充分地证明着这是一片丰收的沃土。

侄女家的小黄狗好殷勤，提前从垄的这头跑到那头，把秧苗蹚开，把露水散尽。尽管它身体轻盈，但还是有草莓炸开后的粉汁染红了它的小蹄蹄。

劳作开始了，从摘草莓也能看出人的性格：八十五岁的父亲是个老顽童，拿到每颗草莓都会给予赞美，每采到一颗，都像见到儿时的玩具一样好好把玩一会儿；姐姐是个勤俭的人，她摘过的垄几乎是颗粒归仓，甭想找到第二颗可采的草莓；姐夫是个心细的人，他用手指掐取每一颗草莓，保证不碰到草莓那娇气的浆果体；我夫人是天底下最苛刻的“选莓家”，大的不要，小的也不要，丑得还不要，即使是这样挑剔，她也摘满了好几筐；而我则是多愁善感兼贪吃少做型，感叹那秧苗上的小花，其美好的梦想明天就要折断在农人的锄头下了。

不浇水、不喷药、不施肥的草莓，尽管小却好吃。但大家的意见还是不一致，有人说小的好吃，有人说大的好吃，有人说丑的好吃，有人说细长的好吃，往彼此的嘴里送这样那样现摘的草莓，不知不觉就都尝了一遍。这场面似乎在开一个家庭的草莓评选会，时光就不知不觉地流走了。

侄女放下手中卖的菜，也过来帮助采摘。她把草莓棚的塑料布向上掀开，风进来了，顿时不那么热了。提到撂荒的原因，她说：“这么小的果实如果雇人摘就不合算了，吃是好吃，但经销商还是不看好这样的小草莓，所以就撂荒了。每年都有这种情况。”随着侄女在园里进进出出，小黄狗这个跟脚星也进进出出。

姐姐提醒我们别让草莓的浆汁染了裤子。我们小心翼翼，但不小心还是会把草莓踩碎在地上，其果浆把衣裤染上些粉点，与裤管上那些以往旅行留下来的草汁相配，更有一种自然的意象之美。一条经常去野外的运动裤当然也是件自然的艺术品。

我们摘得盆满钵满，怀着收获的喜悦吹着口哨开车回家了。未见到撂荒草莓园的主人，觉得亏欠主人一些什么，将来想办法补偿。也许侄女早就想办法补偿了，看到我们高兴，侄女笑开了花。

回了城，吃不了的草莓当晚就要分享出去，分享给隔壁的邻居。过一两天，姐姐家收到邻居送来的烟台大樱桃，我则收获了邻居送的苞米大糙子这样的高级原料。邻居说这是黑龙江的姑姑自己种植送他的，一年只种那么一点儿，一般人他还舍不得送呢。

一个撂荒的草莓园给了我们这么多的收获。大地就是这样慷慨，在我们不经意间，给予了更多的快乐……

拿李子

周日早晨睁开眼一看微信朋友圈，张兄在赤峰的家里正养护他的葫芦，一派田园风光。此次回乡本不想与他联系，但他的田园风光把我给诱到了。也罢，火车票改成晚上的机票，跟他到赤峰郊外撒撒欢儿。

看看蓝天下向日葵的笑脸，躺在谷垛上晒晒太阳，闻闻谷香，与红高粱合张影，还有像童年那样手脚并用顺着谷穗搭成的洞爬一截，亲近自然，感受收获，分享喜悦……对，要的就是这种感觉。

驱车一路穿过七彩农田，来到张兄本家所在的村子。一位大哥正在收拾院子，主人家供出两名大学生，被村里誉为状元之家。女主人去城里给孩子带娃了，就剩下男主人一个人守着一个干干净净的大院子。大院子已经干净得照人了，他居然还在收拾。

男主人和好了泥，正等着抹墙。人家正忙，不忍打扰，转一转我们就要离开，男主人说给你们摘点李子拿上。我想，没见到李子树呀。再一看，原来在正房与仓房的夹角里藏着一棵李子树，树下净是自然落下的李子。

“再不摘，就被喜鹊吃光了。”

“给你的儿子留点儿呀。”

“留不住了。”

满树都是叶子，所剩的李子并不多，所留的李子都是正立向上的。尝一个，嚯，又软又甜，感到牙齿也要被饴化了。

悬挂的李子全落地上了，只有正立向上的李子还在树上，风又吹掉些，剩下李子中的平衡高手依然在那躺着，放射着紫红色的光芒。李子很会找地方，有的就躺在枝柯的支撑点上，但躺着它也睡不着。是啊，它就等着被人收获，这是慷慨的秋所赋予的使命。人得双手捏住李子才能把它完好地取下来，因为它太软了。端详树枝，似乎这些熟李子是老天从天外运来置放于此，而并非树木本身所产。

我想，什么叫果实熟透了，就像李子软软地在枝上供你拿，就像你进仓子里拿任何一种食品一样，这就是熟透了。摘李子是不对的，应当叫拿李子。因为果实只有熟透了，秋风才会过来签字。

想到这儿，又平添些郁闷。如果这样一比，城里人是有钱，但又有多少人吃过真正熟透的果实呢？

回北京的路上，拿着李子，像拿着一块麦芽黏糖，生怕流汁蹭到别人身上。晚上下了飞机回到家，赶紧把李子给夫人奉上。预想中夫人的抱怨，比如火车改作飞机浪费了钱，鞋又脱在了门口没放鞋柜里，洗了澡却没有拖地，等等，统统没有发生，看来她真是被这李子给甜到了。她说这是她从小到大吃过的最好吃的李子。

这个秋天也要过去了，想想，如果没有两个手指从树枝上拿取李子的体验，这个秋天恐怕就白白过去了。

中秋之夜的月下，到树上拿李子，这才是秋本该有的质感吧!

十九粒黑芝麻

这个省了。

那个也免去。

那个也不用邮了。

这么忙的，谁还搞聚会。

月饼有一两块品品就行了，若有闲空，抬头望望月；若再有闲空，发发呆，或者看看花，也就当过节了。

偏偏有朋友说："有家母做的蛋黄酥，是否需要？油是自己在老家榨的，芝麻也是自己种的。"我说："这个可以有。"朋友是南方人，这让我想到有一次到他家里吃饭，他的母亲做的水煮鱼与饭店里卖的是不一样的味道，用文蛤、凉皮、鸡蛋等做成的南通拌菜，还有藕饼，每一道菜都精致，让我这个北方长大的美食爱好者大开眼界，也大快朵颐。中国的美食就像一位情感的摆渡人，一形一色一味，瞬间就将人的心情摆渡到那片山河里去。

吃着这美食，顿时感慨不是只有乾隆才喜欢下江南的。

还想起一位美国导演创作的描绘中国的纪录片，开片就说这个国度多元、丰富而神秘，我想还要加两个字——精致。

收到后对半切开蛋黄酥，丝丝络络，我想这就是中秋的质感。

一个碟。

两杯茶。

切开后对望的蛋黄酥。

我不忍心动嘴，拍张照片到一个艺术家的群里晒晒。写诗的大张立即说了他入群以来最好听的一句话，比他所有的诗都要好，他说："有十九粒黑芝麻啊！"

这句话所引出的话题让群里人幸福了一阵儿。

还有人从对望的蛋黄酥中想起一句诗来："相看两不厌，只有敬亭山。"

我看了看，这些话题的指向无非是"当下一切都可省略了，但这十九粒黑芝麻应当有"。

是的，应当有！

藤屋

从北京航空航天大学的艺术馆看完展览出来，我口渴想喝一点什么，就从导航上查是否有茶吧之类的地方。查到了一家书吧，我就向这家书吧走去。

在走向书吧的途中，我瞟到了石径边的一抹浓绿，但并没有在意。当我回头的时候才发现，这抹浓绿居然是一条藤廊。

藤廊不大，让我惊奇的是我见过三五棵藤搭起的藤廊，但只有一棵古藤形成的藤廊，长得如此密，形成如此隐秘的所在，还是第一次见。

我走进去，坐下来，瞬间进入一个绿意婆娑的世界。由于藤叶浓密，整个藤廊暗暗的，只在藤叶垂下与草坪相接的地方有一线游丝一样的光亮。有时会有路过的小朋友的脚丫露出来，一会儿小脚丫又不见了。沿着藤的根由底部向上看，微绿、青绿、黑绿，越向高处，颜色越深。人坐其间，宛若坐在一个翡翠色的水帘洞里。如果赏绿，这已是完美的所在了。

不知不觉，我脑海中出现一个词：藤屋。哦，是藤屋。也就一个客厅大小的面积，但它用铁艺支起了两扇窗，这些窗格像精致的画框，框里可以看到各种各样的绿，有的是取景远处的书吧的，有的是取景近处一片绿叶的叶脉的。

我想，我为什么一眼就能喜欢上这间藤屋呢？首先是因为这里的光弱弱的，让人想点起一盏烛灯来。坐在这里，似乎是过往传统生活场景的浓缩。你不再想打开手机，就想发呆。其次是因为藤屋小小的，只要有一个人坐下来，路过的其他人就绝不想进入了，所以屋里是足够静谧的。

有人说，人生是童年的缓慢展开，我是同意的。我喜欢这藤屋，或许与我童年曾经在多个狭窄空间玩“过家家”的游戏有关。那些空间是两间屋宇之间，开花的黄瓜架下，一棵榆树的横枝之掌，一块巨石庇护之所，月光下清香的麦秸垛怀抱……这藤屋与它们是神似的。

我开始细赏，古藤从根到枝到叶在扭曲中伸展、在伸展中扭曲的每一个细节，正是它与水泥柱、铁艺窗的完美协作，构成了一种屋的意象。对这些细节的观察，让我想到团结的生命，想到彼此支撑的意义，想到人与植物共同发问——何处是我心灵的家？特别是周边水泥地上随风游走着的光丝，让人想到希望，就如同苦难中绽放的花。

地面上，微光推动着一两片黄叶，翻卷着，轻走着。真想在这里坐一下午。想坐一下午就坐一下午。结果还真的就一直坐到了天黑。

说真的，这椅子是可以容得下两三个人的，真的想约两三个人来这里一起坐坐。约谁呢？想想约谁又都不合适。约这个会嫌太矮，约那个会嫌太暗，约那个会嫌有蚊子。蚊子是有一两只的，奇怪的是，蚊子并没有来叮咬我。或许我邀请谁，也应与古藤商量一下才好，这样才是对我们彼此陪伴一下午的尊重。

天暗下来了，我从藤屋里刚刚出来，一回头就发现，只见古藤，而不见藤屋了。古藤把藤屋又藏起来了，它想把这藤屋留给下一位懂它惜它的来客吧。走在校园的小路上，一切似曾相识，原来我在这校园里曾从这古藤身边多次走过，但我当时竟然没发现这里有间藤屋。我在藤屋周围转一圈，只有靠近书吧的地方露着一个廊角。古藤顶部的须茎继续向蓝天上飞着，像在向苍天发问，也像在继续给藤屋补顶。看着这古藤的壮硕，不得不感慨这校园的地气真旺。或许这藤屋也启迪着师生们发愤研究，让中国的航天器一次次一飞冲天！

我咨询过园艺专家，这样的古藤，藤条最初的走向是否是人工编织的结果，专家回答不是这样的。这藤一旦落定一方水土，就会以此地为中心向上向下生长，只要在藤旁竖立了栏杆，这藤就会自动编织。我也惊叹这古藤园艺的设计者，他是那么充分地信任这古藤的威力：只要给藤一片小小的土地，这藤就会扎根下来专注成长，由小到大最终足以撑起一片天。看来无论是自然界还是人类社会，梦想、信任与协作都是创造奇迹的源泉！

在藤屋里像雕像一样独坐着，一下午竟然把口渴找水喝的事情忘却了。我想堪称藤屋就不能漏雨，我像这古藤园艺的设计者一样，相信藤屋是决不漏雨的，不管是细雨，还是暴风雨。我下次雨天来试坐一下，在藤屋里听听雨声，从铁艺窗上看看雨画，一定很美。如果它不漏雨，我可以赞美它为我眼中北京的最美藤屋吧！

墙壁上的狗尾巴草

七天长假后归来，一堆工作逼着人收心。

新的编排表贴上了墙，像一位严厉教师的板书，成为检验分分秒秒工作的标尺。当然对假日后归来的人来说也意味着枯燥，意味着钢筋水泥森林中的彻夜灯火。

相信习惯了田园生活的人是不习惯机房的，因为机房里整天没有阳光照进来，照顾到机房里机械的舒适，空调温度也调得很低。人陪着机器，度着光阴。剪辑师在炎炎暑天里也穿着大棉袄在机房里守着岗位，就像一只被圈住的猫。

剪辑师位于编辑机前，向右一转头就是编排表。这位九〇后的剪辑师梳着马尾辫，听说家是昆明的。我们分属于不同的中心，往日里我来审片，我们彼此只说一句话，我说："可以审了吗？"她说："可以。"我就审片了。

这是节后上班的头一天，我下午如期来审片。我审完片转头一看，贴编排表的墙壁上居然多了一株狗尾巴草，旁边是一株小蒿。植物的底部是用透明胶带固定在墙壁上的，须叶则随意飘动，诗意盎然。这或许是我看到的最简洁的花艺了，布局小巧但却转换了时空。我通过狗尾巴草的晶莹绒毛瞬间回到童年疯跑的河滩地里，回到陶渊明的桃花源，回到梭罗的瓦尔登湖畔，回到古老诗词的意境中，我从一天里透不过气的紧张中深深地缓了一口气。她呢？

这狗尾巴草是从楼下的媒体公园中采的吧？

她的家人是做花艺的吗？

她是在用狗尾巴草冲抵编排表的压力吧？

这一花艺灵感一定来自假日里的户外生活，或许她终于与她思念已久的恋人见面了。

大家说说笑笑，工作间的气氛明显活跃了。这个工作间很狭窄阴暗，但此时此刻，也宛若一个花园。但是谁也没有提起这墙上的狗尾巴草，我相信这是大家共知共守的秘密。

我审完片上楼了，但蓦然感到与我的剪辑师同事更熟悉了，因为我们中间多了一位深沉的朋友——墙壁上的狗尾巴草。

人类有深刻的孤独，但也有令人欣慰的沟通，这都要感谢植物吧！都市中忙碌着的人们，常常扭过头来端详一番植物的一枝一叶吧，一种向往田园的热情往往正在这里迎着曙光冒出了地平线。

夜色耕耘

与一位朋友聊得晚了，一抬头看都晚上十点了。这个时间打车是很困难的，我就坐从北京东四环向北四环外南沙滩方向的公交车回家。坐一趟公交车到了对外经贸大学站，然后在这里转乘379路公交。根据我的经验，379路末班车是从左家庄发车，历经八站才到达对外经贸大学，我十点二十到达经贸大学站是有可能等到这趟末班车的。但我等来等去，其他乘客都搭乘别的公交走了，站台上只剩我一个人，却依然没有379路车的影子。

秋风拂面，让人感到凉意。街边的灯像一团一团的火，不规则地浮在街道上，一家家店面的灯火也在相继熄去。是的，这个城市太累了，它需要歇息了，如同我一样。

等末班车对我来说是一种寂寥，但此时也是静心的好时光，我站在秋风中享受着等车。这时候，过来一位拾荒人，他说："别等了，379路车已经过去了。"

"还会有末班车的呀。"

"不会有了，听我的，真的别等了。"

我想这位拾荒人真是多事，我就愿意等末班车，关他何事呢。这时我再细看，这位拾荒者是跛足，穿着一件横格T恤，拎着两个纤维布口袋，从垃圾箱里捡出报纸叠好，装进一个口袋，见矿泉水瓶子则装进另一个口袋。由于他戴着帽子，我没有看清他的面容。旁边的店面陆续打烊，店主出门来碰到他，都与他寒暄一下，看来这位拾荒人是这条街的常客了。

拾荒人蹒跚地走着，他一会儿向一名店家叮嘱一下关好门，一会儿提醒一个三轮车夫的绳子没有系紧，遇到站岗的保安他也有话叮嘱："秋凉了，要加衣服了。中秋是不是该回家看看老婆孩子了？"我不理解，他停下来说这些话干什么呢，他难道不怕垃圾箱里的废品被别人抢先拿走吗？看上去，在他的眼里，北京似乎没有陌生人，这条街上的人都是他的亲人。作为一个多情的拾荒人，他有着操不完的心。

我等啊等，车最终没有来，我这才醒悟，看来拾荒人的提醒是对的。到十点四十了，正好有一辆空着的出租车路过，我只好打车走了。透过车窗我看到路边的拾荒人还在边拾荒边欣赏风景，一会儿看看这棵银杏树，一会儿看看那个街角的小雕塑，而那两个纤维布袋子已经快装满了。

随着夜深，气温在一度一度地下降，灯也变得更稀少，但我感到这座城市呈现出一种琥珀色的明亮，因寂寥而显露出一种纯真。我想，像这位拾荒人一样，一路走回家，也未尝不是一件美好的事。我刚才往车窗外的一瞥，恰好收获到拾荒者喜悦的表情，他作为夜色里的耕耘者，感受到的美好一定并不比我少。

原来我们这些所谓的忙碌者不识内心已多时了，美好并不昂贵，但世上又有多少人将之迎进并永驻内心呢?